LES FIGURES

DE LA

PAYSANE PERVERTIE.

RÉTIF-DE-LA-BRETONE................ .... *invenit.*
BINET...................................... .... *delineavit.*
BERTHET & LEROI........... .... *incuderunt.*

La Naïveté, l'Innocence, la Candeur,
l'Enchantement séducteur de la Ville,
les Femmes, les Desirs, les Plaisirs,
la Volupté, les Écarts, l'Égarement,
la Licence, la Débauche, le Vice,
le Crime, l'Échaffaud, l'Infamie,
le Desespoir,
La Mort.

TOME PREMIER.
PREMIÈRE PARTIE.

Fig.   a

LES FIGURES
DE LA PAYSANE PERVERTIE.

PREMIÈRE FIGURE.
[*Frontispice de la Première Partie.*

URSULE ENFANT, & le Centenaire.

Paſſage. Vous reſſouvenez-vous, chère Sœur, de ce jour, que nous étions, quatre de vos autres Sœurs, vous & moi, ſur le chemin de Vermanton, nous-en-revenant de la vigne du *Vaurainin*, & que nous fumes rencontrées par ce bon Vieillard de cent cinq ans, qui avait-connu votre bon Père tout-petit-garſon ? Il ne nous connaiſſait pas ! & pourtant il ſ'arrêta pour nous regarder toutes, & il dit : —Je ne fais pas, mais il ſemble que ces traits-là de viſage ne me ſont pas étrangers, & ſi pourtant je ne les ai-jamais-vus ? mais je m'en-rappelle de pareils, qui floriſſaient il y a ſoixante ans, dans Magdelon R** , la plus-ſéante & la meilleure, comme la plus-jolie des-Filles de *Nitri* (& c'était votre bonne Tante ainée de votre Père) : je gajerais que voila ſa Nièce ? (vous montrant). Oh ! que vous avez de gentil-leſſe, aimable & revenante Fille ! &c².

Sujet. *Urſule, encore paysane & enfant, ſuivie de ſes Sœurs, & de ſa bonne-amie Fanchon Berthier, qui eſt la première der-rière elle, écoutant un Centenaire, dont elle eſt-remarquée, a ſa reſſemblance avec une Tante, que ce Vieillard avait-connue.*

» Oh ! que vous avez de gentilleſſe !
» aimable & revenante Fille » !

II.ᵈᵉ FIGURE.
LA FAMILLE R**.

Sujet. *Urſule & Edmond ſont-aſſis au bout de la table, opposés à celui de leurs Père & Mère : Le Père, la Mère R**; Pierre R**, Brigitte, Chriſtine, Georget, Marthon, Bertrand; Edmond, Urſule, Marianne qui qui ſert: Auguſtin-Nicolas, à-côté du Père, Claudine, Barbe aſſise à-terre, Catiche, Charles mangeant ſur une chaise. Le Portrait de Pierre R**, grand-père.*

» J'ai de nombreus Enfans;... j'en-mettrai
» Un ou Deux à la Ville-».

Fig.   b

Paſſage. —J'ai de nombreus Enfans ; &
il faut que Quelqu'un ſe pouſſe , pour aider
& ſoutenir les Autres , qui à-faute de bien,
tomberont & déchéeront , après moi : par-
ainſi, j'en-mettrai Un ou Deux , à la Ville-...
A ce diſcours, diſais-je , ainſi tenu en-con-
verſant avec ma Mère , Un-chaqu'un de
nous porta les ieux ſur Edmond & ſur Urfule. Et Edmond le vit bien , ainſi qu'Urfule ; & leur beaux ieux pétillèrent du feu
de la joie ; car ils nous aimaient tendrement ; & ils ne voyaient pas les dangers
qui les attendaient , mais ſeulement le ſervice qu'ils pouvaient nous rendre.
T. I. pp. 17-18, *l.* 19.

IIIme FIGURE.

PREMIERE ATTAQUE.

Paſſage. Je te dirai auſſi, pour ne te rien cacher, qu'un de ces jours, comme j'alais dans la chambre de m.^me Parangon, j'y ai trouvé ſon Mari, aulieu d'elle : j'en-ai-véritablement-eu-peur, & j'ai-fait un *ah!* de frayeur : Il ſ'eſt mis à-rire & m'a-dit : —Ah-ah, vous avez-peur de moi! je ne vous aurais-pas-embraſſée, mais vous le ſerez pour vous apprendre-..... Oh! comme il embraſſe!... quel Homme : je l'aurais-battu, ſi je l'avais-oſé. La pauvre Manon! comme elle a-dû ſouffrir avec cet Homme-là! car envérité il eſt impoſſible qu'on l'aime; il a des ieux, des façons... Auſſi ſa Femme ne l'aime-t-elle guère, & je ferais tout comme elle, ſi j'étais à ſa place; depuis ce qu'il m'a-fait, je ne ſaurais plus le *ſentir....* T. *I,* 52-53, *l.*9.

Sujet. *Urfule feule avec m.ᵣ Parargon, qui l'a-faisie par fa jupe. Elle veut fe retirer, effrayée de fon action:*

» Ah-ah ! vous avez-peur de moi »!

Voyez la X.ᵐᵉ Figure du PAYSAN, intitulée URSULE ARRIVANTE; *T. I*, *p.* 105: Urfule paraît encore dans la XII.ᵐᵉ Figure du même Ouvrage; *T. I*, *p.* 118; dans la XIX.ᵐᵉ, où elle eft - careffée par m.ᵐᶜ Parangon; *T. I*, *p.* 219. Dans la XX.ᵐᵉ où Edmond reconcilie fa Femme avec m.ᵐᵉ Parangon; *T. I*, *p.* 232.

IV.ᵐᵉ F I G U R E.

LE PREMIER AMANT.

Sujet. *Urſule causant avec Tiennette, la nouvelle-mariée ; tandis qu'un Jeune-Conſeiller, devenu amoureus d'elle, exprime ſes ſentimens à m.ᵐᵉ Parangon.*

» Elle eſt d'une beauté unique ».

Fig.   c

Paſſage. Je me ſuis - aperçue , pendant que j'étais avec les Mariés , (mais
Perſone ne ſ'en-doute) , qu'un Conſeiller
d'ici a-parlé quelque-temps à m.ᵐᵉ Parán-
gon , en-me-regardant par intervales , d'un
air qui marquait beaucoup de bonne-vo-
lonté , & j'ai-entendu qu'il diſait : —Elle
eſt d'une beauté unique-! Ma charmante
Amie me regardait auſſi , avec une ſatiſfaction , qui m'a-fait-comprendre , que le
Conſeiller lui diſait du bien de moi.
T. I, pp. 81-82.

Vme FIGURE.

L'ESCALIER.

Paſſage. Il ſ'était-caché dans l'eſcalier
de la ſalle à l'appartement, qui eſt-obſcur, &
comme je paſſais, il m'a-priſe par le milieu
du corps, en-me diſant, —Eſt-ce vous,
Fanchette? J'ai-répondu, —Non, Monſieur, je ſuis Urſule—. Mais il ne me lâchait
toujours pas; & en vérité, je ne fais ce qu'il
me voulait faire! heureuſement que m.^{lle}
Fanchette était dans le cabinet de ſa Sœur;
& comme je parlais fort-haut, elle m'a-
entendue; elle eſt-venue à moi, & il m'a-
lâchée. —C'eſt joli, mon Frère! de faire
peur aux Filles—! lui a-t-elle dit: Il ſ'eſt-
mis à-rire. Oh! c'eſt un Homme terrible,
& je le crains comme le feu! Il a des
façons, il vous prend on ne ſait comment,
& agit comme jamais je n'ai-vu Perſone.
J. I, 86-87.

Sujet. *Urſule ſaisie par m.ʳ Parangon,
tandis qu'elle monte un eſcalier: Elle fait
un cri; la Jeune-Fanchette accourt, & dit:*

» C'eſt joli mon Frère »!

VI.ᵐᵉ

VIme FIGURE.

LES ADIEUS.

Sujet. *Urſule vient auprès de madame Parangon, qui pleure de l'attentat d'Edmond ſur Laurette ; ce qui fait qu'elle envoie Urſule avant elle à Paris.*

» Je pars & vous reſtez ».

Fig.   d

Paſſage. On ne veut pas que j'aille voir ma Belleſœur; & comme on ſait tout, j'en-devine la raison: nous partons demain pour Paris, m.ᴵˡᵉ Fanchette & moi : m.ᵐᵉ Parangon vient de me l'annoncer, comme j'étais-accourue auprès d'elle, pour m'informer. Je crois avoir-entrevu Edmond, à qui je n'ai-pas-demandé à lui parler, m'appercevant bien qu'on me le cachait. Il avait ſa main ſur ſon front, & il cachait ſon visage, comme lorſqu'on eſt dans une profonde douleur. J'étais ſi-fâchée de partir ſans ma Protectrice, que j'en-ai-pleuré: —Je pars, & vous reſtez-! me ſuis-je écriée. —Il le faut-, m'a-t-elle dit ! *T. I, pp.* 100—101.

VII.ᵐᵉ

VII.me FIGURE.

Frontispice de la seconde Partie.

URSULE ARRIVANTE.

Passage. Nous sommes - arrivées très-
heureusement. Paris, vu de la Seine,
fait un spectacle imposant & majestueus:
mais le dedans a ses desagrémens, comme
vous alez voir, & comme sans-doute vous
le savez. Nous sommes-arrivées de grand-
jour au port *Saintpaul :* Je suis-descendue
la première, plus-hardiment que je n'au-
rais-cru. La bonne Dame Canon a-eu-
peur, en-me voyant aler si-resolument,
& elle s'est-écriée : —Prenez-garde, Ur-
sule-!... Ce qui m'a-fait-frissonner, je ne
sais pourquoi. Mes genous ont-tremblé,
quand mes piéds ont - touché la terre,
comme si celle de Paris me devait porter-
malheur.   *T. I*, 126-127.

Fig.   &

Sujet. *Urſule arrivant à Paris par le coche-d'eau : elle eſt ſur la planche , un carton de bonnets à la main : M.ᵐᵉ Canon & m.ˡˡᵉ Fanchette vont la ſuivre : La Première lui crie de prendre-garde ! Le reſte de l'Eſtampe exprime ce qui ſe trouve au débarquement, la Garde, les Porteurs, les Obvieurs. On voit dans le lointain , une annonce de la premiere attaque que les Hommes feront à Urſule.*

» Prenez-garde ! Urſule » !

Paſſage.

Paſſage. Je te dirai, à cette occasion, que j'ai-vu Laure : mais Perſone ne le ſait, pas même m.^{me} Canon. Nous étions-ſor-ties ſeules, m.^{me} Fanchette & moi, pour aler à l'église, m.^{me} Canon étant-indiſpo-sée : juſtement à la porte de *Sainteuſtache,* un Monſieur m'a-saluée par mon nom : je ne le voyais pas, à-cause de ma calèche ; mais ſa voix ne m'était pas étrangère. Je l'ai-voulu-regarder, & aulieu de lui, j'ai-vu Laurette devant moi, qui m'a-embraſſée. Elle eſt jolie comme un cœur ; & envérité je l'ai - aimée ; ce qui eſt une nouvelle preuve que la gentilleſſe eſt un grand avan-tage ! Nous avons-causé, mais peu, à-cause du temps qui nous manquait, & les choses qu'elle m'a-dites ne m'ont-pas-ſurprise, car je m'en-doutais. Elle a tout-à-fait bon-ne-grace, malgré ſon état, & elle eſt très-formée pour le raisonnement : je la verrai quelquefois, ſi m.^{me} Parangon le trouve-bon ; nous-nous le ſommes promi-ses ; mais j'ai-mis la condition que je viens de dire. *T. I, II Part. pp.* 135-136.

VIII.me FIGURE.

RENCONTRE DE GAUDÉT.

Sujet. *Urſule, en-alant à l'égliſe, eſt-*
ſuivie par Gaudét, qui la fait-parler à
ſa Couſine.

» J'ai-vu Laurette devant moi »!

IX ɒ.ɛ

Sujet. *Urſule à l'église, environnée de ſes Galans, le Financier, le Page, l'Italien, qui lui gliſſe une Lettre.*

» Oune Belta coume oune Ange ».

Fig.   f

IX.me FIGURE.

LES FLEURETTES.

Paffage. Un vieus, vieus Seigneur, car
il eft-décoré, m'a-parlé à l'églife, un-
jour que j'y ai-vu le Financier & mon Page:
(le Marquis n'eft pas dévot apparemment !)
Je me fuis un-peu-prêtée, en-même temps
que mon Page & mon Financier cher-
chaient à me gliffer une Lettre. J'ai-fa-
vorifé le Nouveau-venu, parce-que m'a-
percevant bien qu'il avait-envie de me
parler ; j'ai-été curieufe de favoir ce qu'un
Homme de cet âge pouvait avoir à dire à
une Fille du mien : Je me fuis-mife un-
peu en-arrière de m.me Canon & de m.me
Parangon, afin de n'être pas vue *. Il feft-
approché de mon oreille , & m'a parlé un
langaje comme celui des Opérateurs des
places publiques ; & ce qui m'a-furprife
c'eft que c'était de l'amour : —*Oune
Bella coume oune Ange-:* j'ai-manqué deux
fois de lui rire au nez: mais le refpeÆt pour
le lieu où j'étais m'en-a-empêchée. J'ai-
même-changé de place, & j'ai-été me
mettre entre Fanchette, & fa Sœur ; ce
qui a-fait plaifir à mon Page. En-fortant,
le Vieillard m'a-gliffé un Billet, que je n'ai
pas fait-femblant de fentir.

T. I, II Part. 212—213,

Paſſage. Le Marquis trouve ſouvent le moyen de me parler : avec de l'argent on fait tout, en-ce pays-ci. Hièr il m'a-juré que ſi je conſentais au mariage ſecret, qu'il m'avait-propoſé, il ferait-quitter la peinture à mon Frère, & lui donnerait d'abord une lieutenance dans ſon régiment, & de-là, le ferait-monter rapidement au grade de Capitaine. Cette promeſſe m'a-flatée ; qu'il ferait charmant en-uniforme ! Le Marquis voyant que je ne me déridais pas, il me dit en-riant : '—Voulez-vous donc me réduire à faire de vous une Héroïne de Roman ? à vous faire-enlever-? J'ai-répondu en-riant ſauſſi, Que c'était-un rôle auquel je ne me ſentais point appelée. Tu vois que je lui parle. Envé-rité je n'aurais pas eu cette complaiſance pour un Homme, dût-il me faire ducheſſe : Mais quand on a-parlé d'illuſtrer le nom de mon Père & ma Famille, dans un Frère que j'aime ſi rendrement, j'ai-prêté l'oreille.

T. I. II Part. 329—330.

Xme FIGURE.

LE MARQUIS.

Sujet. *Urfule refte en-arrière de m.^{me} Canon & de m.^{lle} Fanchette, pour écouter les douceurs du Marquis, qui eft-defcendu de de carroffe, pour lui parler.*

» Voulez-vous me réduire à..... vous enlever » ?

L'enlèvement d'Urfule eft le fujet de la XXXIVme Figure du Paysan, *T. II*, p^e 149.

XIme

LES FIGURES

DE LA

PAYSANE PERVERTIE.

RÉTIF-DE-LA-BRETONE............. .... *invenit.*
BINET....... ....,..... ...... *delineavit.*
BERTHET & LEROI..... .. .. *incuderunt.*

La Naïveté, l'Innocence, la Candeur,
l'Enchantement séducteur de la Ville,
les Femmes, les Desirs, les Plaisirs,
la Volupté, les Écarts, l'Égarement,
la Licence, la Debaûche, le Vice,
le Crime, l'Échaffaud, l'Infamie,
le Desespoir,
La Mort.

TOME SECOND.

TROISIÉME PARTIE.

X I.ᵐᵉ F I G U R E.

Frontispice de la III.ᵐᵉ Partie.

U R S U L E R A V I E.

Passage. Je ne suis - revenue à moi-même, qu'en descendant de voiture, dans la cour de la maison où l'on me conduisait. Je me suis débattue. Le Marquis s'est présenté en riant. Je l'ai reçu d'un air de courroux & de hauteur, en lui disant : —Votre conduite est indigne d'un Homme de votre condition, Monsieur le Marquis! —Je vous adore, pardonnez. —Je vous pardonnerai chés m.ᵐᵉ Canon : mais ici, jamais. —Vous êtes chés votre Mari : je jure sur mon honneur que vous n'en sortirez que ma Femme. —Les moyens que vous choisissez ne vous réussiront pas, Monsieur ; jamais la violence n'a soumis le cœur d'une Femme ; le mien surtout se révolte contre une entreprise aussi hardie, aussi coupable que la vôtre. —Mon entreprise est criminelle, je le sais, surtout envers vous que j'adore : mais après l'éclat qu'elle va faire, il ne vous reste plus qu'à vous donner à moi. —Jamais, Monsieur! c'est mon dernier mot. Il s'est mis à mes genous ; je l'ai repoussé. &c.ᵃ T. II, 25—26.

Ursule voyant le Marquis se présenter d'un air riant, au moment où les Hommes qui l'ont enlevée la descendent de voiture, dans la cour de la maison où il se propose de la retenir, lui dit

» Votre conduite est indigne d'un Homme
» de votre condition » !

XII.me FIGURE.

URSULE CHÉS LE RAVISSEUR.

Sujet. *Ursule au lit, après avoir souffert la violence: Une Femme lui présente une Lettre, que la Malade repousse: L'Autre Femme lui cache le Marquis, qui regarde par une porte entr'ouverte:*

» On me présenta une Lettre le second jour ».

Fig.   *h*

Paſſage. J'ai été deux jours, ſans voir mon cruel Raviſſeur. On me préſenta une Lettre de lui le ſecond ou le troiſième jour, & on me fit-entendre, qu'il falait abſolument la lire : J'obéis en-tremblant : mais je ne pus trouver la force de faire une Réponſe, qu'on exigeait. On me laiſſa tranquile; & moi – même je contribuai à me tranquiliser, en-ſongeant que la maladie m'ôtant ce qui pouvait exciter la paſſion du Marquis, je n'en-avais plus rien à redouter : mais je me trompais! Dès qu'il crut lui-même ne plus avoir à craindre pour ma vie, il me fit donner un-ſoir une potion calmante, diſait-il, qui me procura un profond ſommeil, dont il abuſa : Je m'éveillai dans ſes bras, & ſ'il faut l'avouer, mes ſens d'accord avec lui.....

Cette circonſtance ne fit qu'augmenter mon deſeſpoir. Je l'accâblai de reproches; je voulus attenter à ma vie, à la ſienne ; ſes ſoumiſſions ne feſaient que m'irriter, & me mettre en – fureur. Il ſ'éloigna: les Femmes revinrent, & me tinrent les propos les plus-ſinguliers, par leur effronterie. Les Infames me félicitaient.... Je gardai un ſilence de mépris & d'indignation.

T. II, pp. 28—29.

XIII. FIGURE.

LE FAUS MARIAGE.

Paſſage. Un-ſoir, il vint auprès de mon
lit, & après beaucoup d'excuses & de
proteſtations, il me déclara qu'il n'attendait que ma convaleſcence, pour me tenir
ſa parole, au-ſujet du mariage ſecret, qu'il
m'avait-proposé ; qu'il me donnerait toutes
les aſſurances d'une prompte ratification.
Je rejetai ſon offre. Il jura pour-lors que
ma liberté dépendait de moi, mais à ce
Prix, & qu'il aimerait mieux me voir
périr, que d'abandonner ſes eſpérances. Il
me tourmenta, il m'effraya même par les
plus-terribles menaces (du moins dans mes
idées). Je fléchis,... malgré moi. Nous
en-étions-là (& voici un ſecret que je nai-
révélé à Perſone, pas même à m.^me Parangon, ni à Laure, à laquelle dans mon
premier trouble, j'ai-écrit ce même récit),
quand je vis entrer un Prêtre & quatre
Témoins. On eſſaya de me lever : on y-
parvint, en-me-ſoutenant, on me para
même, & on me conduiſit dans une cha-
pelle, où le Prêtre nous donna la béné-
diction des Mariés. Je dis *oui*, ne ſachant
ce que je fesais. Le Marquis paraiſſait
tranſporté d'autant de joie que j'avais de
douleur. *T. II*, *pp.* 55-56

Sujet. *Urſule trompée par le Marquis,
conſent à l'épouser: mais c'eſt un faus mariage, qu'il fait-célébrer par un de ſes Gens
habillé en-Prêtre.*

» Je dis *oui*, ne ſachant ce que je fesais ».

XIVme FIGURE.

URSULE REÇUE PAR SA MÉRE.

Sujet. *Ursule, après la violence du Marquis & sa délivrance, revient chés ses bons Parens, accompagnée de m.^me Parrangon, & de l'Abbé Gaudét; On la voit ici reçue par sa Mère, son Père est-à-côté de madame Parangon, derrière laquelle est Gaudét. De l'autre côté, on voit particulièrement Pierre & sa Femme Fanchon.*

» O ma chère Enfant ! je ne m'étonne pas »!

Fig.   *i*

Paſſage. Notre bon Père & notre chère
Mère ont-été audevant, par envie de-re-
voir plutôt leur pauvre Fille, & par révé-
rence pour m.^{me} Parangon & pour m.^r Gaudét, qu'ils ont-reçus, ainſi que l'a-marqué
mon Mari à ſon Frère. Et quand ils ont-
vu Urſule un-peu pâlotte, mais ſi-jolie,
qu'ils ne l'ont-pas-reconnue, & qu'ils l'ont-
demandée, quoiqu'elle ſe levât pour les
venir embraſſer, ils ont tous-les-deux fon-
dus en-larmes; & ils l'embraſſaient, puis
la regardaient émerveillés, ſur-tout notre
bonne Mère, qui ne ceſſait de dire:
—O ma chère Enfant! je ne m'étonne pas!...
O madame! a-t-elle dit à m.^{me} Parangon,
cachez-vous, vous & votre aimable m.^{lle}
Fanchette, quand vous ſerez à Paris! car
au-premier-jour, il vous en-arriverait tout-
autant-! Mme Parangon, pour réponſe
a-laiſſé-couler deux larmes, qui nous ont-
navré le cœur; & nous-nous ſommes-tous-
empreſſés à la conſoler. *T. II*, 111—112.

X Vme F I G U R E.

Frontifpice de la IVme Partie.

URSULE ACCOUCHÉE.

Paffage. Urfule eft auffi-bien qu'on peut l'être : je la garde , puifque l'abfence de la belle Dame me laiffe une liberté entière. Edmond eft-venu. Je lui ai-montré fon Neveu, en-lui difant, —C'eft un Fils-? Il a-paru tranfporté de joie.

T. II, IV Part. 182—184.

Sujet. *Urfule eft au lit: Laure prend fon Fils, qu'elle avait à-côté d'elle, & le préfente à Edmond, qui vient f'informer du fexe de l'Enfant.*

» C'eft un Fils ».

XVI.ᵐᵉ

XVIme FIGURE.
LE FILS ENLEVÉ.

Paſſage. Urſule, cette Fille qui voulait le Marquis, pour avoir ſon rang; qui aimait ſon Fils; qui croyait que ſon mariage ferait utile à ſon Frère; qui ſait de quelle joie & de quelle gloire elle aurait-comblé ſon orgueilleuſe Famille (car les R** ſont orgueilleus audela de toute imagination;) la voila qui ſacrifie tout, parce-que tu as-fait-trouver ſous ſes ieux un joli Poliçon! Car elle n'a-laiſſé emporter ſon Fils qu'à-cauſe de Lagouache, qu'elle aime. La Comteſſe l'a-fait diſparaître en-un-clin-d'œil, tandis qu'elle amusait Urſule, qui ne cédait cependant qu'à-regret: —Alez, alez donc-! a-dit la Comteſſe par deux-fois à ſa Femme-de-chambre.

T. II, 231—232.

Sujet. *Urfule fe laiffe-tromper par la Comteffe, mère du Marquis, qui lui demande fon Enfant, fous-prétexte de l'élever ; mais réellement pour le faire-croire mort au Marquis, & le détacher de la Mére.*

» Alez, alez-donc »!

XVII.me

LES FIGURES

DE LA

PAYSANE PERVERTIE.

RÉTIF-DE-LA-BRETONE................... *invenit.*
BINET.. *delineavit.*
BERTHET & LEROI..... .. .. *incuderunt.*

La Naïveté, l'Innocence, la Candeur,
l'Enchantement féducteur de la Ville,
les Femmes, les Desirs, les Plaisirs,
la Volupté, les Écarts, l'Égarement,
la Licence, la Débaûche, le Vice,
le Crime, l'Échaffaud, l'Infamie,
le Deſeſpoir,
La Mort.

TOME TROISIÈME.
CINQUIÉME PARTIE.

Fig.   *k*

XVII.me FIGURE.

Frontispice de la V.me Partie.

URSULE VOLONTAIREM.t ENLEVÉE.

Passage. Samedi je partis, comme tu le
fais, vers les onze heures, à - l'instant où
je savais que m.me Canon & Fanchette
devaient-être au-lit. Je m'en-assurai cependant, & je vis la chambre de la bonne
Dame sans lumière : Pour Fanchette, elle
dormait, & je la baisai sans l'éveiller. Je
descendis en-tâtonnant, & je toussai, quand
je fus à la porte de la rue. M.r Lagouache m'attendait en-fiacre, à vingt pas, avec
Marie, la nourrice de mon Fils, qu'on
m'avait-rendue à la pretendue mort de l'Enfant, & que j'ai retenue pour me servir:
Il était fort-maussade : Je l'avais - fait
geler, disait-il, pendant une heure. Ses
plaintes étaient si-grossières ; son action,
en-m'aidant à monter, m'a-paru si-brutale,
que j'étais-presque tentée de rentrer. Eh!
plût-à Dieu! Je ne sais quoi m'a-retenue.
.T. III, V. Part. p. 9.

Sujet. *L'Infortunée, attendue par Lagouache, arrive au carrosse, où elle monte : Cet
Homme vil, qui s'était impatienté, la pousse
brutalement avec le bras dont il tient son
manchon : Ursule le regarde avec dignité :
Marie tient un paquet : le Cocher soulève
une malle.*

  » Son action, en-maidant à monter,
    » m'a-paru si-brutale....».

XVIII.me

XVIII.me FIGURE.
Ursule aux prises.

Sujet. *Urſule ſ'en-étant-allée avec La-gouache, pour forcer ſes Parens & ſur-tout Edmond à lui laiſſer-épouser ce Mauvais-ſujet, elle a querelle avec lui : Elle le repouſſe, & veut envoy er ſa Servante cher-cher du ſecours : Le Faraud retient brutalement cette Fille :*

» Si tu ſors, je t'écrase »!

Fig.   *1*

Paſſage. Lagouache a-déciaré à ma Servante, queſielle approchait, il lui ·······
du piéd dans le ·'''. Ces brutales ex-
preſſions ont – acheré de me mettre en-
fureur : je ne l'ai-plus-ménagé ; il a – été
obligé de me laiſſer. Je lui ai-ordonné de
fortir. —Ordonne! —Oui, je vous ordonne de fortir de ma chambre. —Non
pardieu! que je ne t'aie-eue à mon plaisir ;
—Vous! jamais. —Ah! ſi, Mignone, ſi,
tu mettras de l'eau dans ton vin ; car je
te jure que je ne quitte pas d'ici que ça
n' ſoit. —Tu fortiras, à-l'inſtant, lui-
ai-je dit... Marie! alez chercher mon Frère ;
rue·''', & dites-lui de venir ſur-le-champ
à mon ſecours. —Si tu fors, Marie (a-
t-il dit en-la retenant par la jupe) ; je
t'écrase. —Alez, obéiſſez-moi ; je ſuis
votre Maitreſſe : —Et moi ton Maître...
—Ma chère Marie, partez, je vous en-
prie ! je reconnaîtrai ce ſervice. —Et moi
auſſi ; car ſi tu bouges, au premier pas,
un de ces chênets t'arrêtera-court, en-te-
fendant la cervelle.
T. III. V. Part. 12-13.

X I X.me F I G U R E.

URSULE REVENANT à EDMOND.

Paſſage. —Eh-bien, a-dit Edmond, Urſule met-elle fin à mon tourment! —Oui,
mon Ami: cette pauvre Fille ne ſonge
qu'à toi, & ta peine l'occupe bien-plûs, à-
préſent, que l'envie de faire ſon mariage.
—Serait-il poſſible? Où eſt elle? m'eſt il
permis de la voir? —Je ne ſais. —Ah.
Dieu! vous me flatez, Laure-! A ce
mot, je n'ai-pu me retenir, je ſuis-venue
par derrière ſur la pointe du piéd, & je
l'ai-embraſſé. Il m'a-reconnue à ma main.
—C'eſt ma Sœur-! & il a-porté cette main
à ſa bouche. J'ai-été-touchée audelà de
toute expreſſion; je me ſuis-jetée dans ſes
bras, fondante en-larmes. —Jamais, jamais, me ſuis-je écriée, je ne donnerai le
moindre chagrin à un ſi bon Frère! qu'il
parle; ſes volontés feront des lois pour
moi-.

T. III, 41—42.

Sujet. *Urſule délivrée du brutal Lagoua-*
che, & ſachant l'inquiétude de ſon Frère,
elle ſe háte de le faire-avertir: Il vient chés
Laure, & tandis qu'il ſ'informe de ſa Sœur,
Urſule vient ſe jetter à lui par derrière: Il
la devine à la beauté de ſes mains:

» C'eſt ma Sœur ».

XXme FIGURE.

URSULE DANSEUSE.

Sujet. *Urſule entretenue par le Marquis, veut ſe donner toutes les grâces des Coquettes; elle danſe & réüſſit aſſés-bien, pour que le Marquis, par une folie de Jeune-homme, lui conſeille de débuter à l'Opéra: Il change enſuite d'avis par jalouſie, & il lui fait-dreſſer un petit théâtre particulier, pour exercer ſes talens.*

» J'ai-danſé, dans le ballet des Champs-
» élisées de Caſtor-&-Pollux ».

Fig.   m

Paſſage. Le Marquis a-fait-dire , que
de fortes raisons m'empêchent de paraître ſur la ſcene. Je ſens qu'il a-raison.
Pour m'en-dédommager , il a-fait-dreſſer
un joli théâtre dans mon jardin , & j'y ai-
danſé, avec l'applaudiſſement univerſel, le
rô e de m.^{lle} *Lannj* , dans le ballet des
Champs-éliſées de *Caſtor &-Pollux.*
T. III. 104-105.

XXIme

X X I.ᵐᵉ F I G U R E.

Frontifpice de la VI.ᵐᵉ Partie.

U R S U L E I M P U D E N T E.

Paffage. Ce matin, je ne fais pourquoi ces trois Hommes m'ont-tourmentée fucceffivement... Que voulais-tu que je fiffe ?.. J'hésitais cependant, quand j'ai-entendu, *Hâte-toi de jouir!* Je ne fais d'où cela venait; mais j'ai-pris le Hasard au mot.

Un-inftant après, le Marquis eft-entré; le Financier le fuivait, & l'Italien f'eft-fait-annoncer : Me voyant cette Cour, je me fuis-affise fur le trône du plaisir, & je leur ai-ordonné à tous de me divertir. Ils-ont-obéi. Mais fi tu avais-vu le Marquis! quel regard!.... Il n'a-pu y-tenir.

T. III. 158—165.

Fig. *n*

Sujet. _Après s'être livrée au libertinage avec ses Maîtres & ses Amans, Ursule s'en-amuse, en-leur-ordonnant de la divertir : chaque Maître fait son rôle ; le Financier rit, &c.a ; le Marquis admire l'impudence d'une Fille, qui n'aguére était si modeste._

» _Hâte-toi de jouir_ ».

XVIII.ᵐᵉ

X X I I.me F I G U R E.

URSULE féduisant fon SÉDUCTEUR.

Paſſage. J'aurais envie de te peindre
fon début, lorfqu'il m'aborda le jour de
fon arrivée. J'étais fous le deshabiller le
plus voluptueus: une fimple gaze me couvrait, fans prefque rien cacher, fi ce n'eft
dans quelques endroits, où elle formait
des doubles. Je me fuis-levée pour le
recevoir: ma mule, dont le talon gros
comme le petit doigt, était fort-élevé,
a-fait tourner mon piéd: il m'a-reçue dans
fes bras, & ce qu'il n'aurait-ofé qu'après
me l'avoir-demandé, il l'a-pris, un baiser
à-la-Colombe.

T. III, 171—172.

Sujet. *Urſule dònnant dans la débaûche la plus - rafinée , ſuccombe enfin avec ſon Corrupteur, qu'elle ſéduit, ou plutôt, qui eſt-parvenu à ſon but à ſon égard.*

» Ma mule a-tourné.... Il m'a reçue
» dans ſes bras ».

XXIIIme

XXIII.me FIGURE.

LA NÉGRESSE & L'ITALIEN.

Sujet. *Ursule donnant dans tous les écarts de la corruption, veut s'amuser aux dépens du Plus-âgé de ses Adorateurs: Elle se fait-remplacer dans les ténèbres par sa jeune Négresse: Le matin, au cri de cette Infortunée, elle accourt, & la voit-poignardée de la main du Vieillard, qui se retire.*

» Nous entendimes un cri aigü: nous
» accourumes »,

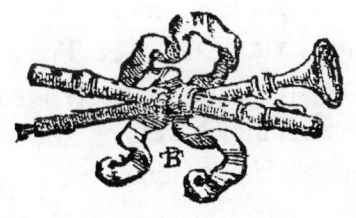

Fig.

Paſſage. La faute que je commis, ce fut de ne pas faire ſortir *Zaïde*, dès-qu'il fut-endormi. Je m'étais-aſſoupie moi-même, & nous avions-oublié ce point dans les inſtructions que nous avions-données à cette pauvre Fille. Je m'éveillai cependant la première ; je quittai bien-vîte le lit, & j'alai-pincer *Zaïde* de toute ma force. Mais envain ; elle dormait comme ſi elle eût-été morte : j'alai-chercher Trémouſ-fée, pour l'emporter ainſi toute-endormie. Elle entra fort-heureuſement ; il dormait encore : elle prit la jeune Nègreſſe, & la tira du lit : mais cette petite Malheureuſe retint machinalement les draps, deſorte-qu'elle entraîna le Vieux-ſinge avec elle, & qu'il tomba, ainſi que Trémouſſée, dont les piéds ſ'embarraſſèrent dans la couver-ture. Parfaitement éveillé par ſa chute, l'Italien vit Zaïde & Trémouſſée. Ma Femme-de-chambre ne trouva pas qu'il y eût grand-mal à cela. Elle revint auprès de moi. Il n'y avait pas trois-minutes qu'elle était-rentrée, que nous entendî-mes un cri aigü. Nous accourumes : nous vimes le Vieux-monſtre qui ſortait, & Zaïde poignardée.

T. III. 257-258.

XXIV.ᵐᵉ FIGURE.

URSULE & EDMOND, Efcroqs, efcroqués.

Paffage. Nous avons-perdu tout notre comptant, ma maison, mes meubles, mes diamans.... J'étais au-defefpoir, & les larmes me font-venues aux ieux. Edmond en-fureur f'eft-levé. Je l'ai-retenu. Un Infolent de la Troupe m'a-dit à-l'oreille : —Vous avez encore une reffource ? —Je la joue, ai-je repris. —Pour tous-trois ? —Oui, tous-trois-. Nous avons-rejoué. C'était un fort-fait, contre une fomme defignée très-confidérable. J'ai-perdu !.... Edmond était - forti au-defefpoir, pour aler - prendre l'air un-moment, &c.

T. III. 305.

Sujet. *Urfule & Edmond à table avec trois Joueurs efcroqs, qu'ils comptent efcroquer, au-moyen des tours qu'ils fe font-fait-montrer par d'autres Fripons: Edmond fe lève furieux: les trois Efcroqs rient, & l'Un-d'eux fait à Urfule une infame proposition:*

    » Vous avez encore une reffource ».

XXVme FIGURE.

URSULE FOULÉE AUX PIÉDS.

Sujet. *Ursule punie par l'Italien du tour qu'elle lui a-joué, en-lui donnant sa Négresse, est-trompée par un Porteur-d'eau, enlevée, renfermée dans une maison-de-campagne, où on la force d'épouser Celui qui l'a-dupée: après le mariage, il la force à signer la vente de son bien, en-lui-mettant le piéd sur le ventre : L'Italien ordonne : son Nègre est-à-côté de lui :*

» J'ai-voulu-reclamer : l'Infame... m'a-
» foulée aux piéds ».

Fig.   p

Paſſage. En-voyant le Notaire, quoiqu'après avoir-conſenti, j'ai-voulu recla-
mer ; l'Infame ſ'en-eſt-aperçu, & m'a-
foulée-aux-piéds. On eſt-accouru à mes
hurlemens, car ma voix etouffée n'était
plus autre choſe. —Tu ſigneras-! criait le
miſérable Porteur-d'eau. J'étais couverte
de ſang & méconnaiſſable. On m'a-lavée,
& miſe-au-lit. J'ai-ſigné.
T. III, 317—318.

LES FIGURES

DE LA

PAYSANE PERVERTIE.

RÉTIF-DE-LA-BRETONE...................... *invenit.*
BINET... *delineavit.*
BERTHET & LEROI...................... *incuderunt.*

La Naïveté, l'Innocence, la Candeur,
l'Enchantement séducteur de la Ville,
les Femmes, les Desirs, les Plaisirs,
la Volupté, les Écarts, l'Égarement,
la Licence, la Débauche, le Vice,
le Crime, l'Échaffaud, l'Infamie,
le Desespoir,
La Mort.

TOME QUATRIÈME.

SEPTIÈME PARTIE.

Nota. LE PAYSAN PERVERTI, imprimé en - 1775, a-été
traduit eu-anglais, & a-eu-quarantedeux éditions à Londres.
En-allemand, quatre.

Fig.   q

XXVI.ᵐᵉ FIGURE.

Frontifpice de la VII.ᵐᵉ Partie.

URSULE COUVERTE DE FANGE.

Paffage. Je fus-parée comme dans les jours de ma gloire, mais en-Coureuse-des-rues, avec des mouches ridicule: fur mes contufions, & en-cet état, livrée à la dérifion des Valets. L'Italien, acofté de fon Négre, commandait çette Canâille, qui d'abord, à la vue de quelques reftes de beauté, demeura interdite: —Point de pitié-! f'écria le Vieus-monftre. Auffitôt les Uns me dirent des infâmies, ou m'en-firent; les Autres tiraient les loques de mes falbalas déchirés; Ceux-là puifèrent de l'eau-fale dans la marre, & m'inondèrent d'ordures; Ceux-ci pouffaient la barbarie jufqu'à me frapper. On me lava enfuite, en-me jetant dans un baffin; puis je fus-livrée au Nègre, qui m'enferma avec lui. *T. IV*, p. 6.

L'infortunée Urfule, *tombée au pouvoir de l'Italien, qu'elle a-trompé, eft-retenue dans une maifon-de-campagne, mariée à un Por-teur-d'eau, livrée à un Nègre, &, après avoir-été parée en-Fille-publique, abandonnée à la Valetaille, qui lui fait des avanies, on l'inonde avec l'eau fale d'une marre. L'I-talien donne fes ordres:*

» Point de pitié! »

*Le Tableau épifodiq exprime une fcène pof-térieure, lorfqu'*Urfule, *defcendue au dernier degré de la débauche, eft maltraitée par fon* Souteneur.

XXVIIme FIGURE.

URSULE POIGNARDANT LE NEGRE.

Sujet. *Urfule tirée par le Nègre hors de fa loge, fe prépare à lui plonger dans le cœur un grand couteau de Cuisine.*

„ Je fuis-fortie à-reculons „.

Paſſage. J'alais manger, lorſque le Nègre a-paru. Il était à-demi-ivre. Il m'a-ordonné de venir à lui, du langaje & du ton dont on parle aux Chiens. J'ai-fouri pour la première-fois, depuis mon malheur. Je fuis - fortie à-reculons, fuivant mon ufage.. {Sa main brutale m'a-faifie, & m'a-fait-pouſſer un cri. Tu n'es pas groſſe, m'a-t-il dit, en-employant le terme dont on fe fert pour les Animaux, & mon Maitre ne te veut pas mettre à la porte, que tu n'aies un Petit de moi; viens..... (jurant des mots infâmes). Je l'ai-prié de me lâcher: Il ne m'a-répondu qu'en-me fefant le plûs de mal qu'il a-pu. Je me fuis-jetée fur lui. Loin de f'effrayer, il m'attendait la poitrine découverte. J'ai-enfoncé un vieux couteau dans fon vilain cœur. L'Italien a-raison: quelle volupté, qu'une jufte vengeance! Il a-encore-eu aſſés de force pour le retirer, & il l'a-levé pour m'en-frapper: mais fon bras a-perdu le mouvement, avant qu'il ait-pu le ramener fur moi. J'ai-pouſſé un cri-de-joie, en-voyant l'Infâme tombé, & fon fang bouillonner. Je l'ai - laiſſé mourir.

T. IV, pp. 11—12.

XXVIII.me

XXVIII.me FIGURE.

URSULE BAILLONNÉE.

Sujet. Ursule est-renvoyée de chés l'Ita-
lien un bâillon dans la bouche, pour em-
pêcher ses cris, les mains liées derrière le
dos. Elle arrive chés la-G**, qui la détache.
On voit dans la glasse, le reflet de Jeunes Fil-
les qui la regardent. —

» Tu recevras tout ce qui se présentera. »

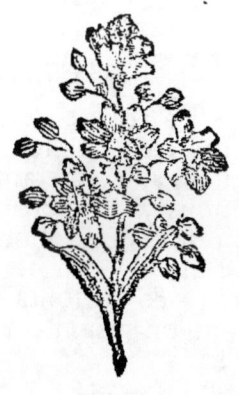

Fig. 1

Paſſage. Une voiture ſ'eſt‑trouvée prête : les deux Femmes y font‑montées: on m'a‑bandé les ieux & mis un bâillon ; on m'a‑portée auprès d'elles, & la voiture a‑parti. J'ai entendu le pavé aubout d'une heure de marche : une demi‑heure après, on m'a‑deſcendue dans une maiſon ſans cour, à ce que j'ai‑penſé, car je n'ai‑pas‑entendu ouvrir de porte, ni ſenti la voiture tourner, & je me‑ſuis‑trouvée dans une chambre aſſés‑propre. Une Femme eſt‑venue m'y recevoir, qui m'a‑dé‑bandé les ieux, ôté le bâillon, & qui m'a‑dit : —Ah‑ça, ma Fille, je ſais ce que tu es, ce que tu as‑fait ; la corde était ton lot, ſi on avait‑voulu : ne va donc pas faire la Bégueule! c'eſt ton plus‑court, pour ne me pas obliger à te maltraiter; car je ſuis‑payée pour ça : c'eſt le témoignage que je rendrai de toi, qui pourra te faire‑avoir ta liberté. Tu recevras tout Ce‑qui ſe‑préſentera ; ou‑ſinon tu ſeras‑fuſtigée, tiens, voi‑tu, attachée à ces deux crampons, comme à la Correction de *Bicétre ?* C'eſt à toi de voir, ſi tu veux être douce ; car moi j'aime mieux la douceur que la rigueur, & être amie avec toi qu'ennemie ; nous y gâgnerons toutes‑deux : dès que tu ſeras une bonne ¨¨¨¨, (elle trancha le mot), tu ſeras libre : mais il faut l'être, & volontairement‑. Je ne répondis, qu'en‑priant cette Femme de me ménager !

T. IV, pp. 16—17.

XXIX.me FIGURE.

URSULE AUX CRAMPONS.

Passage. Un-jour que je différai un-peu à ouvrir, parce-que je fesais une page de cette Lettre, j'ai-été-mis aux crampons, malgré mes excuses, & j'ai-reçu, par l'ordre de l'I‑ talien, qui malheureusement venait d'arri‑ ver, vingt coups de nerf-de-bœuf, des mains du Domestiq de la ‑ G**, en‑ présence de cette Femme : elle a-paru me plaindre ; mon Bourreau lui-même détournait la vue : mais je n'en-ai-pas-moins-perdu la moitié d'une confiance, acquise avec des peines qui font-frémir......

T. IV, p. 18.

Sujet. *Urfule eft-mife aux crampons, & fuftigée, par l'Italien, pour avoir différé de fe rendre où la-G** l'appelait.*

» J'ai-reçu... vingt coups, de nerf-
» de-bœuf ».

La XLVII & la XLVIII.me Figures du Paysan, montrent Urfule dans la plus-affreuse Proftitution. *T. III*, pp. 62—68.

XXX.me

XXX.me FIGURE.
URSULE VENGÉE.

Sujet. *Gaudét furieus des outrages faits à Urſule, la venge ſur la Fille de l'Italien : Il la lui montre, dans le plus – affreus desordre :*

» Deviue, Urſule ?.... C'eſt la Fille de
» ton Perſécuteur ».

Dans la L.me FIGURE du PAYSAN, on voit Urſule miſe à l'Hôpital. *T. III, p. 82.*

LVII.me FIGURE du PAYSAN, Urſule retiré de l'Hôpital. *T. III, p. 115.*

Fig.

Paſſage. Après vous avoir - enlevé la ſignora Filippa, je l'ai-miſe entre des mains plus-ſûres, chés une de ces Femmes ſans âme, qui n'ont pas même le type de l'humanité ſur leur baſſe & atroce figure : Là, je l'ai-rendue le plaſtron dés Valets & des Portefais. Elle n'a pas-tardé de ſe trouver comme je le deſirais ; alors j'ai-été-chercher Urſule, ta Sœur ! Sa ſituation m'a-fait horreur : mais c'eſt ce que je voulais ; elle a-redoublé ma rage : je l'ai-amenée chés la P**, où était Filippa : —Urſule, vois-tu cette Fille : Je l'ai-corrompue & fait - corrompre, je l'ai - humiliée & fait-humilier, comme on t'a-humiliée ; elle eſt-deſcendue auſſi-bas qu'on t'a-fait-deſcendre ; je l'ai-avilie, proſtituée, dégradée audeſſous des Bêtes, comme un Barbare t'a-avilie, proſtituée, dégradée audeſſous des Bêtes... —Eh-bien ? que veux-tu me dire, Malheureus ? —C'eſt une Victime, que j'ai-immolée à ta beauté flétrie, à ta vengeance, à l'amitié outragée : Regarde, Urſule, cette Miſérable, vil plaſtron des Laquais & des Porteurs-d'eau... —Malheureus tu n'es pas un Homme, tu es le Diable envoyé ſur la terre pour faire le mal !....... —Ecoute, Urſule ! prens ta Victime ; cette Fille noble, riche, belle, honorée, fêtée, vertueuse, il y a ſix-mois ; aujourd'hui la dernière des Proſtituées, qui a-perdu toute vertu, toute beauté, toute pudeur, par moi, par mes ſoins, eſt la Fille..... devine, Urſule ? —Laiſſe-moi ! —De ton Perſécuteur, de l'Italien......
T. IV, 85—86—87.

XXXI.me FIGURE.

URSULE PARDONNÉE.

Paſſage. Urſule ſ'eſt-montrée vîtement ;
& ayant-vu notre Père qui lui tendait la
main pour lui aider à deſcendre, elle l'a-
priſe, & eſt-deſcendue, mais pour ſe laiſſer
aler à ſes genous, qu'elle a-embraſſés les
larmes aux ieux. Et auſſitôt notre bonne
Mère ſ'eſt-écriée : —Ma Fille ! c'eſt ma
Fille-! Et elle a-voulu ſe lever, ſans le
pouvoir. Urſule l'entendant, ſ'eſt-traînée
à genous à ſespiéds. Mais la bonne Femme
ſ'eſt-jetée à elle, & la ferrant de toutes
ſes forces contre ſon cœur, elle lui a-dit:
—Tu es pourtant dans mes bras, & Dieu
le veut! que ſon ſaint nom ſoit béni! J'ai
toutes mes Filles, & il ne m'en-manque
auqu'une! Béni ſoyiez vous, Seigneur-!
Et Urſule n'avait-pas-encore-parlé: mais
elle pleurait le viſage pâle, & paraiſſant
prête à ſe trouver-mal.

T. IV, 164—165.

Sujet. *Urfule aux genous de fa Mère,*
qui a-été audevant d'elle, à fon retour dans la
maison paternelle , jufqu'au pié de la croix
de Vesehaut : Le Père R** eft - à - côté de
madame Parangon , qui a la larme à l'œil :
derriére le Pére , Pierre R** ; puis Georget ,
Fanchon & d'autres Fiéres & Sœurs.

» Tu es pourtant dans mes bras »!

XXXII.ᵐᵉ

XXXII.ᵐᵉ FIGURE.

Frontifpice de la VIII.ᵐᵉ Partie.

U R S U L E É P O U V A N T É E.

Paffage. Je me jète accâblée fur un lit-
de-repos. Je crois qu'un Furieus... Ah-
Dieu! c'eſt encore Edmond que j'ai-cru-
voir!... En-quel état affreuſ! privé d'un
œil & d'un bras; horriblement défiguré!...
me montrant par les cheveus la tête fan-
glante... de ma Mère!...

Tout-à-l'heure, une Main, comme celle
de l'Ecriture, écrivait fur la muraille,
Inceſtueuse.

T. IV, 182—217—218—228.

Fig.   *s*

Sujet. *Ursule sur un lit-de-repos, croit voir son Frère Edmond, qui lui présente par les cheveus la tête de sa Mère: audessus de lui est une Main qui écrit.*

» Incestueuse ».

XXXIIIme

XXXIII.me FIGURE.

LA MORT-DE-DOULEUR.

*Sujet. Urfule en-arrivant aux piéds de fes
Pêre & Mêre, deja inftruits à-demi des malheurs d'Edmond, f'évanouit; & fur la demande de fa Mére, —Où eft-il ton Frére?
Elle repond par un mot qui eft le coup-de-
poignard pour fon Pére,*

»AUX GALERES»!

*Le Pére R** faisi, la langue liée; fa Femme
le regardant avec effroi; Un de fes Fils le
foutenant; Pierre fe voilant le visage; monfieur Loiseau debout, prêt à partir; les
Enfans.*

Fig.   t

Paſſage. Comme j'ôtais le couvert, voila qu'eſt-entré m.r Loiſeau. Il s'eſt-jeté au cou de notre Père, de notre Mère & de nous-tous, ſans parler. —Je pars. —Où alez-vous, Monſieur? a-dit notre Père.... —Auprès de votre Fils : j'eſpère ne le quitter, qu'en-le laiſſant entre vos bras,... ou plutôt, je ne le quitterai jamais. Adieu. —Digne Homme! digne Ami-! s'eſt-écriée notre Mère. Et le digne Homme alait monter à-cheval, quand une chaiſe a-paru à la porte : le Conducteur en-a-tiré Urſule mourante, qui eſt-venue s'évanouir aux Piéds de ſes Père & Mère. On l'a-fait-revenir : mais elle était en-delire : —Mon Frère s'écriait-elle! mon Frère-!.... Ne voyez-vous pas ſes chaînes-!.... Notre Bonne-Mère lui a-dit : —O ma pauvre Fille! où eſt-il ton Frère? —*Aux Galéres-!* —A ce mot, notre Père a-frémi : —Monſieur Loiſeau-?... Il n'a-pas-achevé. Le bon m.r Loiſeau a-baiſſé ſa vue. Notre Père a-regardé tous ſes Enfans, l'œil ſec; mais pâle, défiguré. Il a-tendu la main à notre Bonne-Mère, ſans parler. Hélas! ſa langue était-liée pour jamais! Saiſi, frappé, comme s'il eût-reçu le coup mortel, il n'a-plus-ouvert la bouche. Il eſt-tombé ſur une chaiſe; il a-couvert ſon front de ſa main; il a-pouſſé un ſeul & douloureus ſoupir; il eſt-devenu froid, roide : ſon cœur batait encore. Mon Mari l'a-voulu-ſoulever. Il était-mort.

T. IV, 205—206.

XXXIV.me FIGURE.

URSULE MARQUISE.

Passage. Bertrand te dira comme s'est-fait mon mariage. Fête triste & lugubre!... J'étais en-deuil : mes larmes ont - coulé, presque des sanglots m'ont-échappé au pié des autels. La cérémonie a-été publique : madame la Comtesse, ayeule de mon Fils, l'a-voulu, à-cause de l'Enfant ; les deux Familles du Comte & de la Comtesse y-étaient, avec tous leurs Amis & toutes leurs Connaissances. Le chèr Enfant était beau comme un Ange : tout le monde l'admirait ; on ne pouvait se lasser de le caresser : Les Etrangers même s'écriaient, —Qu'il est charmant ! c'est l'Amour ! Sa Mère doit - être bien contente-!... Et quand on a-vu mes larmes ..., on a – dit heureusement, *C'est de joie!* Il est-vrai que j'en-avais. Mais nos chèrs Parens.... qui sont-morts de douleur !.... Un coup-d'œil sur Bertrand, portait dans mon sein le poignard vengeur. Aux piéds de l'autel, les ieux fixés sur le tabernacle, j'ai-vu, entre les cierges, de chaque côté, mon Père, le regard menaçant, & ma Mère, s'arrachant les cheveus, comme le jour de sa mort !.... Du doigt, mon Père me fesait-signe de m'anéantir. J'ai-presque-fait un cri, & le mouvement de frayeur que j'ai-eu a-frappé tout 'e monde... J'ai-entendu qu'on disait : *Elle pense au risque presque-certain qu'a-couru son Fils, de n'être jamais à sa place.* Je me suis-anéantie devant Dieu, suivant l'ordre de mon Père ; J'ai-reclamé &c. *T. IV,* 219-220-221.

Sujet. *Urfule à l'autel, épousant le Marquis de-***, pour légitimer fon Fils. L'Enfant eft entr'elle & le Marquis. Elle porte fes regards éperdus fur l'autel, & voit fon Pére menaçant, fa Mére échevelée:*

» Du doigt, mon Père me fesait-figne
» de m'anéantir ».

Dans la LXXVme FIGURE du PAYSAN, on voit Edmond plongeant le poignard dans le fein de fa Sœur *T. IV. p. 66.* La Figure qui fuit, exprime le moment d'après.

XXXVme

XXXV.ᵐᵉ FIGURE.

URSULE POIGNARDÉE.

Sujet. *Urſule deſcendue de voiture, aprés avoir-été-poignardée par Edmond à la nuit tombante, eſt-emportée par ſes Gens.*

» Otez-moi d'ici ; je me trouve-mal »!

Fig.

Paſſage. Urſule a-trébuché en-deſcen-
dant : le *Malheureus,* voyant, ou croyant
voir par tout-cela, une *Fille,* qui n'était
pas trop-reſpectée, *Il* ſ'eſt-avancé, & la
revoyant jolie, à la faible clarté qui reſtait
(car c'était le ſoir à la chute-du-jour), *Il*
n'a - plus - douté qu'elle ne fût coupable :
Tranſporté de rage & deſeſpéré, *Il* a-
penſé en - lui - même : *Tombe au fond de*
l'enfer, & moi avec toi : Il a-frappé, en-
diſant,.... ce que porte la fatale Lettre
que je tiens *!... Le Domeſtiq n'eſt-venu
qu'à temps, pour recevoir ſa Maitreſſe, qui
tombait, ſans pouſſer un cri. D'abord, il
ne voyait pas le ſang, & croyait qu'elle
venait de faire l'aumône à un Gueus qui
ſ'éloignait : l'autre Domeſtiq, qui était
encore derrière le carroſſe, & qui regardait ailleurs, n'eſt-accouru qu'appelé par
ſon Camarade, pour lui aider à porter leur
Maitreſſe mourante, & qui ne ſe plaignait
toujours pas, ſinon qu'elle a-dit; —Otez-
moi d'ici ; je me trouve-mal-. *Il* a-donc-
eu le temps de ſ'éloigner à-pas lents, &
ſe retournant ſouvent, comme *Il* a-fait.
T. IV, 247—248.

* *Péris, Monſtre, de la main de ton Complice!*

DERNIÈRE FIGURE.
LES CERCUEILS.

Passage. J'ai - entendu quelque bruit.
Je me suis-retournée. C'était mon Homme.
—Que faites-vous, ma Femme! —Oh!
oh!... je dis adieu aux Morts-! ai-je-fait.
—Ma chère Femme, avez-vous pu-décou-
vrir!... —Tiens (je l'ai tutoyé!) tiens,
regarde..... Urfule.... c'eft Urfule que
voila!... Regarde! reconnais-tu Celle que
les Malheureus ont - profanée-!... Pierre
s'eft-jetée à deux genous, & a-pouffé un
cri lamentable, qui m'a - percé le cœur.
—O ma Sœur! ma pauvre Sœur! voila
donc comme je vous revois!...
T. IV, 280.

Si les Figures n'étaient-pas-achevées, lors de la
Publication de la Payfane pervertie, on les livrerait
avec la préfente Explication.

Sujet. *Urfule au Cercueil, découverte par Fanchon, qui la montre à Pierre ; Plus-loin eſt celui d'Edmond, ſon Frére, & de madame Parangon :*

» Regarde » !

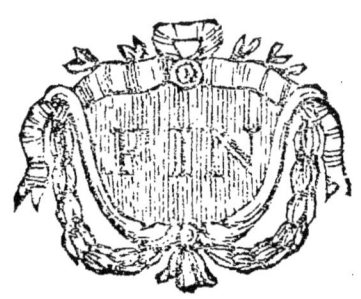

Il eſt-échappé deux fautes conſidérables dans la Complainte : *la première, p* 302, *au* 5 *Couplet ;* Elle humilioit Edmond ;

liſez, Manette humilioit Edmond.

La ſeconde faute eſt au 14 *Couplet, p.* 309, *ligne* 5 :

De leur abandon ils gémiſſent,

liſez , De leur abandon ils rougiſſent,

Paffage. Le premier jour, lorfque la
Sœur-Manon arriva, avec fon Mari, l'on
était dans un remuement qui reffemblait à
celui que cause la visite des Gabeliers; au
moindre bruit qui fe fesait du-côté de la
grand'porte de la cour, nous treffautions
toutes, furtout notre bonne Mère : Et voila
Edmond qui entre, ét qui de la porte de la
chambre, apercevant notre digne Père,
f'incline, étpuis relève les ïeus avec crainte,
ét comme attendant un mot. Ce mot eft-
venu : —Mon Fils, où eft votre Famme ?
Et auffitôt Edmond f'eft-jeté fur la main de
fon Père, & l'a-baisée; puis notre bonne ét
excellente Mère l'a-embraffé la larme à l'œil.
Enfuite, toujours fans dire un autre mot,
que *Mon Père! ma Mère!* il eft-alé chercher
fa Famme, que mon Mari ét moi recevions
de notre mieus, ét fans nous parler, il l'a-
menée par la main. Et quand elle a-été fur
le feuil de la porte, avec cette grâce que tu
lui fais, que fa rougeur ét une petite honte
augmentaient, elle a-dit à fon Mari, —Votre Père ét votre Mère ont l'air fi-refpectable,
que j'en-fuis-intimidée; mes jambes plient,
ét je ne puis avancer-. Notre refpectable
Père n'a-pu tenir à ça; il eft-venu luimême
jufqu'à elle, ét elle f'eft-gliffée à fes genous,
lui prenant & baisant la main : mais le digne
Homme l'a-bién-vîte-relevée, en-lui-disant,
—Affeyons-nous, ma Fille-. *Tom. I, p.*
71, l. 21.

(*bis*) III FIGURE,
MANON PRESENTÉE.

Sujet. *Edmond, après avoir-épousé Ma-*
non, la conduit chès ses Parens, pour la-leur-
faire-connaître; sûr qu'elle gâgnera l'amitié
de ces Bonnes-gens, par ses manières enga-
jantes : Elle est sur le seuil de la porte, con-
duite par son Mari : Le Père-R** seduit
par l'air-de-timidité-respectueus de cette Jolie-
persone, s'est-avancé luimême audevant d'elle;
ét elle s'est-glissée à ses genous aulieu de l'em-
brasser. On voit l'enchantement du bon Vieil-
lard, qui la relève, en-lui-disant :

» Asseyons-nous, ma Fille ».

La Famille R** est-rangée derrière le Père ét
la Mère.

Paſſage. Voila que la carriole eſt-entrée
dans la cour: ét quand il a-paru avec ſa pâ-
leur, voila que notre bonne Mère ſ'eſt-re-
criée, —Mon Fils! ô mon pauvre Fils-!
ét la chère bonne-Famme tombait. Edmond eſt-venu l'embraſſer & la ſoutenir.
—Mon pauvre Fils, je te revois! je mourrai
contente!... mon chèr Fils-! ét par ſon em-
preſſement à l'embraſſer, elle ne le pouvait...
Et elle ne ceſſait de dire, —Mon Fils-!
comme ſi elle n'eût-eu que lui: auſſi Edmond
lui a-t-il dit, en-montrant ſes Frères: —Les
voila, vos Fils, ét il n'y-en-a pas Un là qui
ne vaille mieus que moi: & voila votre digne Fils, mon chèr Aîné. —Je vous aime
tous, a-dit la bonne-Famme, en ſuffoquant;
mais... mon Edmond, j'ai été deux-jours à
craire que je ne t'aurais-plus-... Et Edmond
ét Pierre l'ont à euxdeux ramenée, & l'ont-
aſſiſe auprès de notre bon Père, qui ſ'eſt-gra-
vement-levé, en-voyant Edmond, ét a-dit:
—Mes Fils, mes Filles, je ſuis bién-aiſe,
que vous voyiez ce cœur de Mère, à-celle-
fin que vous aimiez Dieu votre Père, comme
elle vous aime... Bonſoir, Edmond. —Mon
chèr Père-!.. ét il ſ'eſt-mis à ſes genous quaſi.
Et notre Père l'a-embraſſé, en-lui-diſant;
—Je ne t'aurais-pas-embraſſé coupable-.
Et Edmond ſ'eſt-auſſitôt-retiré, en-diſant in-
cliné, —Et je le ſuis, mon Père-. A ce
mot, notre Père ſ'eſt-aſſis, le front ſevère,
ét n'a-plus-parlé qu'à mon Mari, ce qui a-
quaſi-glacé notre bonne-Mère. *Tome I,*
p. 145, *l.* 21.

(*bis*) VIIIme FIGURE.

E**DMOND** C**ONVALESCENT.**

Sujet. *Après la mort de Manon, Edmond*
est-tombé dangereusement malade : rappelé à
la vie, par les soins de m.^{me} Parangon, il va
se-retablir dans son Village. A son arrivée,
ardenment desirée par sa Mère, il en-est-reçu
avec transport: son Père, qui le crait inno-
cent de la seduccion de Laure, l'a-embrassé,
en-lui-disant :

» Je ne t'aurais-pas-embrassé coupable !
        »—Et je le suis, mon Père » !

repond Edmond, en-s'inclinant. En ce mo-
*ment, le Père-R** prend un air sevère; la*
*Mère-R** qui suit son Fils, en-paraît gla-*
cée d'épouvante, ét toute la Famille consternée.

LES FIGURES

DU

PAYSAN PERVERTI.

RÉTIF-DE-LA-BRETONE............ .... invenit.
BINET.................................. ...... delineavit.
BERTHET & LEROI......... .... incuderunt.

La Naïveté, l'Innocence, la Candeur,
l'Enchantement séducteur de la Ville,
les Femmes, les Desirs, les Plaisirs,
la Volupté, les Écarts, l'Égarement,
la Licence, la Débauche, le Vice,
le Crime, l'Échaffaud, l'Infamie,
le Desespoir,
La Mort.

TOME PREMIER.

PREMIÉRE PARTIE.

La Paysane pervertie, *que nous pu-blions aujourd'hui*, *a une si grande analogie avec le* Paysan, *dont elle complette l'His-toire*, *que nous croyons nécessaire de mettre ici les Gravures du plus ancien de ces deux Ouvrages*, *afin que les Personnes qui ont le Paysan*, *puisse les placer dans leur exemplaire. Mais nous sommes obligés de faire une obser-vation; c'est qu'on a cru devoir*, *en-gravant les Figures*, *renvoyer à l'édition la plus ré-cente*, & *la moins incorrecte des quatre qui ont paru: les deux faites à Paris dans les trois premiers mois*, *sont épuisées ; la contrefaçon du Libraire Laporte est pleine de fautes* & *d'omissions; reste celle faite dans une autre Ville qui nous est inconnue*, *à laquelle nous avons renvoyé de-préférence ; parce-qu'elle est moins incorrecte*, *qu'elle a un* erratum, & *qu'elle est celle dont on trouvera plus-facile-ment des Exemplaires.*

N.b. Il est nécessaire d'avoir *le Paysan* sous la main, en lisant *la Paysane.*

LES

LES FIGURES

DU PAYSAN

PERVERTI.

Un Particulier, qui s'intéresse à toutes
les Productions utiles, qui ont un caractère
marqué, a cru que le PAYSAN PERVERTI
méritait un honneur qu'on fait de nos jours
aux Ouvrages les plus-futiles, celui d'a-
voir des Gravures. Il a prié l'Auteur de
lui donner une note de tous les endroits
qui lui paraîtraient susceptibles d'une
Estampe.

Les Sujets ont été choisis de-manière,
qu'ils fissent liaison entr'eux : on a pris
de-préférence ceux qui annonçaient des
évènemens, quoiqu'ils parussent quelquefois
moins-intéressans en eux-mêmes, qued'autres qui font mieux tableau. Le but uniq
a été, de présenter toujours le Paysan &
sa Sœur Ursule, dans les démarches qui les
ont imperceptiblement conduits à leur
perversion.

Huit Frontispices, à l'exception du I.er,

Fig.   b

donnent une idée générale de ce qu'on doit lire dans la *Partie* à laquelle chacun est desti-né. Mais on a cru que le I.er devait sortir du sujet, pour ainsi-dire, & présenter le Paysan dans son état primitif, lorsqu'il était encore à la campagne : le sujet s'en est heu-reusement trouvé dans la *IV.me Lettre*, p. 23 du *Tome* I.er

Les ornemens qui forment le câdre de ces Frontispices n'ont pas été mis au-hazard. La *Perversion* personnifiée, tient le cartou-che, où est le titre PAYSAN PERVERTI : Ces deux mots ne font pas toujours écrits de-même ; à la I.re Partie, PERVERTI est presque voilé : il se montre davantage à la II.de : à la III.me, il paraît en-entier : à la IV.me Partie, plûs encore : à la V.me & à la VI.me, on voit presque disparaître le mot PAYSAN, pour faire sortir davantage le seul mot PERVERTI. Aux VII & VIII.me Parties, au contraire, PERVERTI dispa-rait dans l'ombre, & on ne voit plus que PAYSAN. La figure de la Perversion suit

les mêmes gradations; A la I.ᵉ Partie, elle
a le visage riant & doux: La méchanceté,
la fureur y règnent à la II.ᵈᵉ; elle sourit com-
plaisamment à la III.ᵐᵉ; sa physionomie
exprime le desir & l'attente des malheurs
qui doivent accâbler le Paysan à la I V.ᵐᵉ:
elle est transportée d'une détestable joie à
la V.ᵐᵉ; son regard, à la VI.ᵐᵉ, est at-
tentif & serein: A la VII.ᵐᵉ & à la VIII.ᵐᵉ,
elle se cache le visage; elle n'a plus rien à
faire; Gaudet est mort. Le Serpent qui
forme le bas du câdre est tantôt couvert de
fleurs; tantôt plus visible & plus animé:
dans les deux dernières *Parties*, sa tête est
écrâsée; il paraît mort.

(*Voyez* à leur lieu, l'explication de chacun de
ces Frontispices)

Les Figures du *Paysan* ne pouvant plus
être données avec cet Ouvrage, leur place
naturelle est à la suite de *la Paysane*, d'où
on les pourra tirer, pour les insérer dans
l'édition qui câdre avec les renvois des *Ex-
plications*.

[Une note l'indique, derrière le Frontisp. du t. I.

PREMIÈRE FIGURE.
Frontispice de la I.ᵉ Partie.
LE PAYSAN A LA CAMPAGNE.

Paſſage. Pendant que je chantais, j'entendis une marche, comme d'une Jeune-fille : Je m'arrêtai, prêtant l'oreille, & je l'entrevis derrière les noyérs. Oh! que dans ces campagnes ſolitaires une Jeune-fille eſt jolie!..... Elle ſ'eſt approchée : à ſa marche légère, je l'ai priſe pour Fanchon-Berthier, ou pour Marie-Jeanne Lévêque, ou pour Madelon Polvé : c'était Fanchon, qui venait des vignes. —O Edmond, dit-elle, auriez-vous de l'eau? j'étrangle la ſoif. —Oui, Fanchon, en-voici ſous les noyérs. Je lui tins le baril, pendant qu'elle buvait. *T. I, page 22, ligne 13, & p. 23.*

   Sujet. *On a choiſi pour le Frontiſpice du I.ᵉʳ Volume, un ſujet qui précède l'arrivée du jeune Payſan à la Ville : C'eſt Edmond lui-même qui le fournit, par le récit qu'il fait à ſon Frère Pierre d'une circonſtance, où il donna un-jour à boire à Fanchon, maitreſſe de cet Aîné. Le jeune Payſan eſt dans un ſain-foin, occupé à faner; le ſujet de l'Eſtampe eſt Edmond préſentant un baril plein d'eau à la Jeune-fille; qui lui demandait à boire.*

   » Oui, Fanchon, en voici ».   II.ᵈᵉ

I I.ᵈᵉ F I G U R E.

EDMOND ARRIVANT A LA VILLE.

Sujet. *Edmond arrivant à la Ville avec son Frère Georget : Ils ont un Ane qui porte le bagage d'Edmond : tous-deux s'arrêtent devant l'Horloge, qu'ils admirent, n'en ayant jamais vu. Le séjour de la Ville est indiqué par-une Dame, suivie de sa Cuisinière, qui vient du marché, supposé audelà de l'Horloge, par-rapport à l'endroit d'où arrivent les deux Voyageurs.*

» Il partit le 5 novembre 1748.

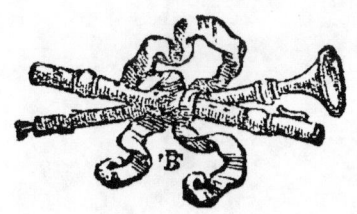

Fig.   c

Paſſage. Tout-auſſitôt qu'on fut ſûr, on acheta ce qu'il falait pour équipper Edmond: notre vénérable Père & notre bonne Mère lui donnèrent leurs ſages avis ſix ſemaines durant; aubout duquel temps, M. Parangon ayant écrit qu'on l'envoyât, il partit le 5 9bre 1748. *T. I, p. 7, l. 28.*

III.ᵐᵉ FIGURE.

Edmond écrivant sa I.ʳᵉ Lettre.

Paſſage. Je te dirai, que comme j'écrivais mes deux autres pages, une Demoiselle, que j'avais prise à-l'abord pour M.ᵐᵉ Parangon (car par-malheur elle n'eſt pas ici)! cette Demoiselle donc eſt venue regarder pardeſſus mon épaule, & elle ſ'eſt mise à rire, en-disant : *Et-puis il y a, &-puis il y a ; & ſon Ane qui joue un rôle!* & elle a chuchoté je ne ſais quoi à M. Parangon, qui eſt venu lire ma Lettre, & qui m'a dit, qu'il m'apprendrait à mieux écrire que ça.

T. I, page 9, *ligne* 15.

Sujet. Mlle *Manon, la même pour laquelle on a mandé le Paysan, afin de le faire
servir à reparer les suites du libertinage de
cette Jeune-personne avec* M. *Parangon, s'a-
*... ce doucement, pour lire pardessus l'épaule
d'Edmond, en-fesant signe au Maître du
jeune Élève, qu'elle lit des choses plaisamment naïves.*

» Et-puis il y a ; &-puis il y a » !

IV.ᵐᵉ FIGURE.

EDMOND LISANT OVIDE.

Sujet. Le jeune Paysan auprès d'une table, un Livre à la main, se retournant vers Tiennette, attendrie par les reproches d'Ariadne à Thesée.

» O mondieu! qu'elle était aimable »!

Fig.

Paſſage. Hièr après ſouper, je lui liſais un Livre, où ſe trouve l'Épître d'une certaine *Ariadne*, à un Traître nommé *Théſée*, qui l'avait abandonnée dans une ile deserte, pendant qu'elle était endormie : Au-milieu de ma lecture, je jetai les yeux ſur Tiennette, & je la vis toute en larmes. O mon dieu! qu'elle était aimable comme ça !

T. I, page 30, *ligne* 17.

V.ᵐᵉ F I G U R E.

EDMOND ADMIRÉ.

Paffage. M.ˡˡᵉ Manon m'a dit, que lorfque je vins de mon Village, elle ne m'avait pas trouvé fi bonne-mine qu'à-préfent. —La parure de la Ville, ces beaux cheveux que vous ne négligez plus, l'aifance que vous acquérez, vous rendent tout-autre, & vous donnent ... un air ... mais un air ... fort-a-gréable. Vos fourcils fournis & bien ar-qués prêtent de la vivacité à ces grands ieux, ... qui pourtant ... n'expriment encore que... de la timidité: votre néz eft aquilin, un-peu long, & ne vous dépare pas: mais ces lèvres; quelle fraicheur–! (Elle y a porté le doigt, & tout mon vifage eft devenu comme ces lèvres qu'elle venait de louer : elle a fouri avec une grâce!.., inconnue chés nous, mon chèr Pierrot.) —Vous êtes bien-fait, quoique votre tâille ne foit pas encore pleine ; mais elle eft quarrée. Quand vous êtes arrivé, comment deviner la finesse de cette jambe fous vos guêtres crotées ?... Edmond, croyez-moi, dans peu, vous ferez un joli Cavalier–! *Tome I, p. 38, l. 1.*

Sujet. *Edmond dans l'attelier de son Maître, avec* M.*lle* *Manon, qui l'examine en le louant.*

» Vous-êtes bien-fait »!

VI.me FIGURE.
EDMOND CURIEUS.

Sujet. *M. Parangon voulant prendre Manon dans ſes bras: La Jeune-perſonne ayant entendu quelque-chose du-côté de la porte, ſ'avance effrayée comme pour y voir. On aperçoit Edmond qui regardait curieuſement, & qui ſe retire.*

» Ils ont changé de place ».

Fig.   e

Paſſage. J'alais me retirer; mais une chose ſingulière me retint; c'était comme ſ'il l'avait embraſſée. Je ne pus reſiſter à la tentation de regarder par le trou de la ſerrure; ma tête pouſſa la porte qui céda un-peu, & j'aperçus, oui, mon chèr Frère, j'aperçus mon Maitre qui tenait dans ſes bras une Jeune-fille, dont je ne voyais pas le viſage, mais qui ne pouvait être que la Couſine de ſa Femme, puiſque je venais d'entendre ſa voix. Tout ce qu'il y a, c'eſt qu'elle avait une robe que je ne vis pas à Mlle Manon dans la journée. Elle paraiſſait d'abord le rebuter; j'entendais qu'elle diſait, mais fort-bas, & d'une voix que je ne diſtinguais pas bien, Que Mme Parangon était ſur-le-point d'arriver, & qu'il falait commencer à ſe contraindre. (*Commencer!* ai-je dit en moi-même.) M. Parangon ne ſ'eſt pas rendu à cela, au contraire: & comme ils ont changé de place, & que je n'ai pas oſé reſter, à-cauſe d'un petit bruit qu'avait fait la porte, je n'ai plus rien vu. T. I, *page* 46, *ligne* 8.

VII.me FIGURE.

EDMOND A L'APPORT.

Paſſage. Une ſur-tout, miſe avec plûs de goût que les Autres, ſ'y oppoſait abſolument, en-diſant qu'ils *étaient ivres.* Elle m'a intéreſſé : je me ſuis approché pour la voir de plûs-près. Non, il n'eſt pas poſſible de ſe rien figurer de plus joli : l'*Albane* n'aurait pas imaginé des ieux plus doux ; le divin *Raphael* n'égalerait pas les œillets & les roſes de ſes belles joues ; & ſi pourtant ce ſont les plus grands Peintres. Elle ſe nomme *Edmée* : c'eſt une Brune *piquante* (comme on dit ici), d'environ ſeize ans, timide comme le ſont les Filles de chés nous ; vive, enjouée avec ſes Compagnes comme on l'eſt à la Viile. On voit à ſa gaîté, que ſon cœur eſt encore inſenſible ; à la douceur de ſes regards, à ſon embarras quand un Jeune-homme lui parle, à l'aimable rougeur dont ſes joues ſe colorent, qu'elle ne le ſera pas lóngtemps. Je lui ſavais un gré infini d'avoir arraché ſa main de celle d'un Ruſtaud qui ſ'en était groſſièrement ſaiſi. *T. I, page 50, ligne 20.*

Sujet. *Edmond apercevant Edmée pour
la première-fois, à l'Apport de Saintloup-en-
Vaux : Il est d'autant plus frappé de ses
charmes, qu'elle ressemble davantage aux
Filles de son Village ; avec cette différence,
qu'elle est plus blanche, & qu'elle a plus de
grâces. Edmée arrache sa main de celle d'un
Rustaud.*

» Non, il n'est... rien ... de plus joli ».

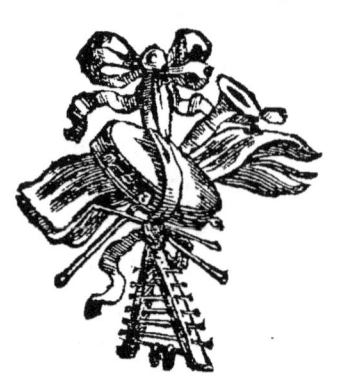

VIII.ᵐᵉ

VIIIᵐᵉ FIGURE.

EDMOND & GAUDET.

Sujet. *Edmond dans la chambre de Gaudet, qui lui montre des deſſins, qu'il ſe propose de graver. On voit de quel air le Corrupteur regarde Edmond, encore timide &
modeſte.*

» Sa converſation m'a remis du baume dans
le ſang ».

Paſſage. Un Religieux, qu'on nomme le
ʀ. *D'Arras* (& qui eſt mon Confeſſeur) eſt
venu m'accôter. C'eſt un Homme à la fleur
de l'âge, qui me parait confommé dans la
piété ; fa converſation eſt toute-édifiante :
il m'a montré de l'amitié, m'a fait mille offres
de fervice, & cela avec une politeſſe qui me
mettait à mon aiſe avec lui ; on aurait dit que
je l'aurais obligé en-acceptant. Il ſ'eſt beaucoup informé de notre Famille, de nos
moyens, de mes talens naturels, & de ma
façon-de-penfer ; il a paru fatiffait de la
manière dont je lui ai répondu, & m'a fait
promettre de le voir fouvent, plutôt comme
Ami, que comme Père fpirituel. Il m'a enfuite parlé peinture, & m'a dit que fes Amis
aſſuraient qu'il excellait dans l'art qui en eſt
le plus voiſin ; c'eſt-à-dire le deſſin & la gra-
vure. Il m'a mené dans fa chambre, pour
me faire voir de fes Ouvrages, publiés
fous le nom d'un célèbre Artiſte de Paris.
Ce qui m'a bien-flaté d'avoir une telle Con-
naiſſance ! Sa converſation m'a remis du
baume dans le fang, & je me fuis trouvé
foulagé. *T. I*, *p.* 66, *l.* 14.

IXme FIGURE.

EDMOND & Mme PARANGON.

Paſſage. Mme Parangon paraiſſait plongée dans une rêverie profonde ; dont elle eſt ſortie tout-à-coup, pour m'adreſſer la parole. Elle m'a dit, à ce que je crois, des choſes fort-obligeantes, mais que j'entendais à-peine, tant le ſon de ſa voix portait de trouble & d'émotion dans mon âme : tout en me parlant, elle cherchait quelque-choſe ; & elle m'a préſenté une fort-belle montre-d'or, en me demandant, ſi je la ſaurais monter ? Et ſur ma réponſe, elle m'a montré ; enſuite elle m'a prié de la garder, en ajoutant : —C'eſt de la part de Quelqu'un qui vous eſtime—. J'ai répondu : —Madame, ce me fera la choſe la plus précieuſe que je puiſſe poſſéder , auſſi longtemps que je pourrai me rappeler que c'eſt de vous que je l'ai reçue—. *T. I, p. 75, l. 14.*

Sujet. *Edmond recevant une montre de*
M.*me Parangon , qui est à-demi-deshabillée ,*
& derrière laquelle est Tiennette.

» Elle m'a présenté une fort-belle montre.
d'or ».

X.me F I G U R E.

URSULE ARRIVANTE.

Sujet. *Urſule, ou la Paysane , arrivant
à la Ville, ſuivie de ſon frère Bertrand: Elle
aborde M.me Parangon, qui ſe retourne & la
regarde avec bonté, en la reconnaiſſant, à la
reſſemblance, pour la Sœur d'Edmond.*

» Elle a demandé ſon Frère , ſans me
nommer ».

Fig.   g

Paſſage. Notre Urſule ſ'eſt approchée
en rougiſſant, & elle a demandé ſon Frère
ſans me nommer. L'aimable Dame à laquelle elle ſ'adreſſait, n'a pas voulu jouir
de ſon embarras; certains traits qui nous
ſont communs, & qu'élle a remarqués dans
ma Sœur, l'ont miſe au-fait tout d'un-coup,
& elle a dit à Tiennette de m'avertir.
T. I, p. 105, l. 3.

XI.ᵐᵉ FIGURE.

EDMOND RECEVANT DU RAISIN.

Paſſage. Qu'avez-vous (ai-je dit en-ſouriant) ? —Ne voyez-vous pas que je les deſire ? —Et que deſirez-vous? —Ne pas me deviner—! Elle a lancé ſur les grappes un coup-d'œil vif, & baiſſant auſſitôt les ieux, je les ai vus mouillés de larmes. Je me ſuis levé ſur-le-champ, & j'ai cueilli les plus-beaux raiſins, que j'ai mis dans ſon tablier. Elle ne pouvait cacher ſon air de ſatiſfaction, à chaque grappe que je lui don-nais : —Encore me diſait-elle ; j'en-veux encore—? Elle en a dévoré deux plutôt qu'elle ne les a mangées ; mais elle a voulu que je reçuſſe de ſa main chaque grain de la troiſième. *T. I, p.* 114, *l.* 9.

Sujet. *Edmond a, fis aux piéds de Manon, à laquelle il a cueilli des muscats, dont elle avait envie, à-cause de sa situation, & recevant de sa main les grains qu'elle lui met dans la bouche.*

» Elle a voulu que je reçusse de sa main chaque grain de la troisième ».

XII.ᵐᵉ

XII.me FIGURE.

EDMOND AUX PROVERBES,

Sujet.   *Edmond entrant chés* M.me *Canon,*
après avoir quitté la Maîtresse qui le trompe :
Cette Bonne-dame lui entásse les proverbes, pour
lui prouver que les Femmes sont trompeuses.

» Femme est marchandise trompeuse ».

Fig.   h

Passage. Eh-bien, mon chèr Edmond, m'a dit la bonne Dame Canon, comment les progrés? —Ils font lents, madame! —Pas en tout, mon Enfant: mais prenez-garde au pot-au-noir! Chacun a fes vues: *Quand le Chat a mefait, il met de la cendre deffus. Le Moineau fait fon nid dans ceux des Hirondelles. Le Coucou pond fon œuf dans le nid de la Verdière. Qui nous flate, nous gratte, mais ce qui fuit, nous cuit. La défiance est mère de fureté; & de tout vice l'oisiveté.* M'entendez-vous? —Très-parfaitement, madame; ce que vous dites est bien vrai; car ce font des proverbes. —Écoutez ma Nièce, c'est une brave Femme; entendez-vous? écoutez-la... Ma-foi oui! à dix-huit ans, un Garfon comme vous s'aler brider! Il fait beau-voir marier les Enfans! Alez: Femme est marchandise trompeuse: *Qui n'en a point, f'en point, & qui en prend, f'en-repent.* J'ai été Femme (car on ne l'est plus à mon âge), & je les connais; elles vous *gourent* ces pauvres Hommes! Hum! les Serpens! Tenez, j'en ai connu, & j'en-connais encore.... *T. I, p. 118, l. 8.*

XIII.ᵐᵉ FIGURE.

EDMOND RÊVEUR.

⌐ *Paſſage.* Hièr, à ſix heures, j'ai été à l'Arquebuſe. J'y ai trouvé le Jeune-homme, ou plutôt Tiennette. L'air morne, l'œil égaré, je m'avançais, environné d'un nuage de honte. —Quoi! tant d'abatement pour la perte d'un Objet que vous n'aimez pas! (a dit Tiennette en-m'abordant). Je l'ai regardée avec ſurprise! —Non, vous ne l'aimez pas (a-t-elle repris); ſa jeuneſſe & ſa coquetterie vous éblouiſſent; voila tout. Croyez-moi, vous aimez ailleurs... Venez qu'on vous parle en ſûreté; paſſons derrière cette double haie; nous n'y ſerons point interrompus.... J'ai lu dans votre cœur, Edmond; il y a longtemps que vous êtes refroidi pour moi. Vous avez conçu des ſoupçons injurieux: mais mon ſeul intérêt n'aurait jamais pu m'engager à les diſſiper, ni à vous raconter un tiſſu de ſcélérateſſes & d'infamies.... Il faut prendre les choſes à leur origine.... *T. I, p.* 135, *l.* 2.

Sujet. Edmond, à qui *Tiennette déguisée* en *Homme*, a donné rendévous, s'avançant enseveli dans une rêverie profonde, lorsque cette Jeune-personne l'aborde, & lui dit :

 » Quoi ! tant d'abattement » !

Elle lui raconte ensuite son histoire, où se trouve le sujet suivant :

X I Vme

XIV.me FIGURE.

TIENNETTE A L'AUBERGE.

Sujet. *Tiennette dans une auberge, atta-*
quée au-milieu de la nuit par une forte de
Paysan, tandis que le Maître d'Edmond ca-
ché, guette cette jolie Proie.

» La lampe me tomba des mains ».

Fig. I

Paſſage. Sur les onze heures du ſoir, j'entendis uu bruit ſourd à la ruelle de mon lit. Je reculai de frayeur : mais enſuite n'entendant plus rien, j'eus le courage d'y aler, pour me raſſurer par mes yeux. En tirant un rideau, je me ſentis ſaiſie par des bras vigoureus, & la lampe me tomba des mains. Je pouſſai un cri perçant : rien n'arrêta le Miſérable, qui me porta ſur le lit, où par les violences les plus indignes, il ſ'eſſorça d'épuiser mes forces. Dans cet inſtant on frappa rudement à la porte ordinaire de la chambre : le Brutal qui me tenait ſ'enfuit par la porte-dérobée qui était à la ruelle. J'étais ſi épuiſée, qu'à-peine je pouvais me mettre à mon ſéant. Ce fut ce qui me ſauva. *T. I, p.* 138, *l.* 26.

LES FIGURES

DU

PAYSAN PERVERTI.

RÉTIF-DE-LA-BRETONE...................... *invenit.*
BINET.................................... *delineavit.*
BERTHET & LEROI...................... *incuderunt.*

La Naïveté, l'Innocence, la Candeur,
l'Enchantement séducteur de la Ville,
les Femmes, les Desirs, les Plaisirs,
la Volupté, les Écarts, l'Égarement,
la Licence, la Débaûche, le Vice,
le Crime, l'Échaffaud, l'Infamie,
le Desespoir,
La Mort.

TOME PREMIER.

SECONDE PARTIE.

X V.ᵐᵉ FIGURE.

Frontispice de la II.ᵈᵉ Partie.

LE CRIME DÉCOUVERT.

Paſſage. Laurote, ... notre Cousine !... Laurote !............ Nous venons de voir ſa Mère desolée, ſ'arrachant les cheveux, demandant au Ciel vengeance contre nous, maudire le jour de mon mariage, & le tien : car elle venait d'apprendre que tu es marié Ça me fend le cœur ! O Edmond ! mon malheureus Frère, qu'importe que tu faſſes ton chemin à la Ville, ſi tu pers ta vertu, & le ſoin de ta pauvre âme ! & ſi je ne ſaurais plus t'eſtimer ! *T. I page* 260, *ligne* 8.

*Sujet. La Mère de Laure, ſéduite par Edmond, aux noces de ſon Frère-aîné, arrive échevelée chés le vénérable Edme R** : Ce Vieillard eſt aſſis, pénétré de douleur, tandis que ſa Femme ſ'avance au-devant de la Mère de Laure pour la conſoler.*

» Sa Mère, ſ'arrachant les cheveux... ».

XV.Iᵐᵉ

XVI.me FIGURE.
EDMOND SUPPLIÉ.

Paſſage. *Quand tu commenceras à lire cet humiliant aveu, Celle qui le fait, qui mourra de douleur, ſi elle ne te peut toucher, embraſſera tes genous, & cette poſture lui convient.* (Elle y était, chèr Pierrot ; je n'ai pu l'y ſouffrir. *T. I*, p. 164, *l.* 28.

Sujet. Edmond, *que Manon veut engajer à l'épouser, quoique groſſe d'Un-autre, comptant ſur la bonhommie du Jeune-paysan, riſque un aveu, & ſe laiſſe tomber à ſes genous, quand il commence à lire. Edmond ſe hâte de lui tendre la main, pour la faire relever.*

» Je n'ai pu l'y ſouffrir ».

XVII.me FIGURE.
EDMOND SÉDUCTEUR.

Sujet. *Laure, fur les genous d'Edmond,
qui la careffe, & cherche à lui dérober des fa-
veurs, en lui disant :*

» Il faut me montrer que vous me croyez

vrai »?

Passage. Laure est venue timidement auprès de moi ; elle n'osait lever les yeux.
—Qu'avez vous, Laurette ? vous me paraif-
fez triste ? —Oh ! non ; mais c'est que je
suis honteuse. —Bon, honteuse ! une jolie
Fille doit-elle jamais l'être ? Venez, venez, ma petite Cousine ? —Oh ! nenni !
—Comment, nenni ! êtes-vous déja changée
pour moi ? —Non, mon Cousin ; mais il
faudra donc m'épouser ? —Qu'à cela ne
tienne ! —Votre bonne-vérité ? —Pourquoi non ! n'êtes-vous pas aimable ? ne
sommes-nous pas égaux ? —Si vous me le
promettez... —Je vous le jure. —Je puis
donc vous croire ? —Ah ! ma chère Laure !
me regarderiez-vous comme un fourbe ?
—Je ne dis pas ça. —Ai-je donné lieu à
ces injustes soupçons ! —Nenni, nenni,
mon Cousin ; & je me souviens que nous
nous aimions bien dans notre jeunesse.
—Vous ne me jugez donc pas capable de
vous mentir ? —Eh ! mondieu-non ! —Il
faut me montrer que vous me croyez vrai ?
—Je vous le montrerai quand il vous plaira.
T. I, p. 107, *l.* 2.

XVIII.ᵐᵉ FIGURE.

EDMOND S'ENIVRANT D'AMOUR.

Paſſage. Dans ce moment ſon piéd a tourné ; elle a fait un faus-pas ; je l'ai retenue en la ſoulevant dans mes bras : une jouiſſance ne vaut pas ce que j'ai éprouvé ; je ne pouvais me reſoudre à la poſer à terre. Un regard (j'ai cru que la Pureté même l'avait lancé) un regard noble m'a impoſé ; je l'ai timidement priée de ſ'aſſeoir. Elle l'a fait, parce-qu'elle reſſentait une petite douleur. Je lui ai laiſſé voir combien je craignais que cela n'eût des ſuites! un aimable ſourire m'a raſſuré. J'ai touché ſon piéd ; je l'ai remué ; (ah! l'Ami! de ma vie, je n'ai rien éprouvé de pareil : cette Femme eſt tout charme, tout feu, toute âme de la tête aux piéds)! je n'oſais aler trop-loin ; mais j'ai vu dans ſes yeux un embarras qui n'avait rien de ſévère. *T. I, p. 214, l. 4.*

Sujet. *Edmond dans une prairie, avec* M.ᵐᵉ *Parangon, à quí le piéd vient de tourner. Il se précipite à terre, le prend, & le remue, pour voir si elle ne s'est pas fait mal: Il se livre ainsi lui-même au charme d'une passion secrette, & déja violente.*

» J'ai touché son piéd... Ah! de ma vie
je n'ai rien éprouvé de pareil » !

Bougnet

XVIII.ᵐˢ

XIX.ᵐᵉ FIGURE.

EDMOND AU JUDAS.

Sujet. Edmond voit, d'une ouverture pratiquée dans le plancher, M.ᵐᵉ Parangon careffant Urfule & Tiennette; cette Dernière baife fa belle Maîtreffe fur le front, tandis que les lèvres de M.ᵐᵉ Parangon preffent celles d'Urfule.

» Représente-toi ce Grouppe charmant » !

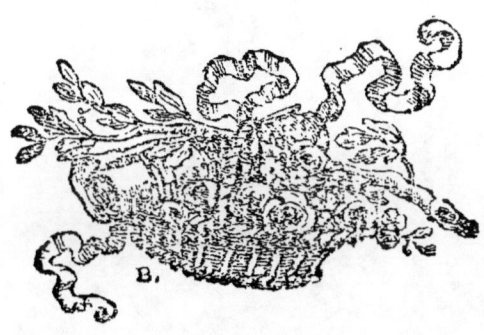

B.

Fig. 1

Paſſage. Représente - toi ce Groupe charmant, & dis-moi ſi l'Amour ne l'aurait pas préféré à celui des Grâces?... —Ah! mes Jeunes-amies, ſ'eſt écrié Mme Parangon, ces plaiſirs-là ne laiſſent point de re‑mords ; on ne craint ni l'infidélité, ni l'in‑conſtance! ce n'eſt pas la bouche d'un Per‑fide qui me dit tant de douceurs ; Filles charmantes, votre cœur eſt auſſi pur que vous êtes belles-! *T. I, p. 219, l. 15.*

X X.ᵐᵉ F I G U R E.

EDMOND RECONCILIANT.

Paſſage. Voila ma Femme, voila ma Sœur, Tiennette eſt mon amie, & voici ma Protectrice, ma Déeſſe tutelaire, à qui j'aurais ſcrupuleuſement obéi, ſi l'Épouse que j'ai prise n'avait pas été de ſon ſang. —J'aime à croire à la générosité, monſieur: (& ſe jetant éperdue dans les bras d'Urſule) Voi donc comme il flatte mon cœur, même en me contrariant au point que tu ſais, ma Fille?... O Edmond! que vous me causerez de peines!... Mais je m'égare ... les motifs qui vous ont déterminés ſont louables; & au-fond, pourquoi Manon ſerait-elle plus coupable que ... (Je ne ſais pas ce qu'elle a ſouſentendu; car ſ'interrompant elle même, elle a dit:) —Urſule, embraſſez votre Sœur–. Ce mot nous a remplit de la joie la plus vive. M.ᵐᵉ Parangon a paru ſatiſſaite de l'avoir causée. J'ai conduit ma Femme à ſes genous: elle l'a reçue dans ſes bras. T. I, p. 232, l. 22.

Sujet. *Edmond, après avoir découvert à M.me Parangon son mariage secret avec Manon, amène son Épouse à cette Belle-dame, & les réconcilie. Il conduit sa Femme aux genous de M.me Parangon, qui la reçoit avec bonté.*

» Elle l'a reçue dans ses bras »

X X I.me

XXI.me FIGURE.
EDMOND GUETTANT.

Sujet. *Edmond, guettant sa Femme, qu'il a vu sortir, pour se rendre au jardin, où elle est alée se cacher sous un berceau: M. Parangon l'a suivie, pour jouer la scène qui fait le sujet de l'Estampe. Manon jète un cri, en-fesant signe du coin de l'œil à M. Parangon, qu'ils sont vus, & de bien-jouer son rôle.*

» En le voyant, Manon a jeté un cri »!

Fig.   m

Paſſage. Elle a tiré de ſa poche une boîte, que j'ai reconnue pour un préſent qui vient de moi : elle a baiſé plusieurs-fois un portrait, qui n'y était pas lorſque je l'ai donnée ; & ce portrait, c'était ... le mien: Manon le regardait avec une langueur aimable, plus éloquente que les diſcours les plus-paſſionnés. J'étais hors-de-moi; j'alais entrer, & lui faire les careſſes qu'un portrait ne pouvait lui rendre, lorſque M. Parangon a paru. En le voyant, Manon a jeté un cri de ſurprise & d'effroi. —Ne craignez rien, ma belle Couſine, a dit l'infidèle Mari de la plus méritante des Femmes, je ne viens que me plaindre de vous. —Laiſſez-moi, je vous prie, a répondu Manon, & diſpenſez-moi d'entendre des diſcours qui ne peuvent que m'ètre odieus. —Manon, voila donc votre reconnaiſſance !

T. I, *p.* 249, *l.* 2.

XXII. FIGURE.

LE DESESPOIR.

Paſſage. Vil Auteur de mes malheurs &
de mes crimes, je te connais enfin! je viens
de trouver une de tes déteſtables Lettres: tu
conſeillais à Edmond *de ſe dédommager....*
O! Malheureus! toi, qui m'as perdue; toi,
qui creuſais ſous mes pas le précipice où
l'odieus Parangon m'a entraînée; toi, qui
m'as ſouillée de tes perfides careſſes, & qui
as fait, par moi, à ton Ami, la plus cruelle
des injures; cœur faus, tremble, je vais te
démaſquer.... Je ſuis ſenſible, je *la* ſuis
trop à un malheur, ... que j'ai mérité... Je
le reconnais devant Dieu ... devant ce Dieu
que ton infame conduite outrage.... J'en
mourrai; mais ce ne ſera point de la
mort qui t'attend; ce ne ſera pas de la mort
des Scélérats.... Miserable, tu voulais avi-
lir le cœur d'Edmond; le rendre inſenſible
à la honte .... non pour moi, comme tu me
me le disais, mais pour toi-même.... Je
vais l'éclairer: il va tout apprendre. . . . .

Je viens de me jeter aux piéds du
Crucifix; D'Arras, je ne ſuis plus la même.
Le coup mortel eſt frappé! *T. I, p. 2...., l. 25,*

Sujet. *Manon, qui aime son Mari, quoi-qu'elle l'ait bassement trompé, est au-desespoir de son infidélité avec Laure: Dès qu'elle l'a sue, elle a pris la résolution de s'empoisonner. Ce qu'elle exécute, en écrivant une Lettre à Gaudet. Elle est debout, après avoir avalé le poison, échevelée, s'écriant:*

» Le coup mortel est frappé »!

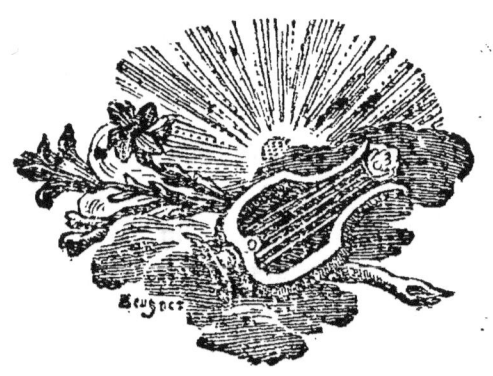

XXIIIme

XXIII.ᵐᵉ FIGURE.

EDMOND BANQUETANT.

Sujet. *Edmond à table avec son Corrupteur Gaudet, le P. Vicaire, le P. Gardien, & le jeune Frère Sainthermine. Gaudet répond à la surprise d'Edmond, & lui fait entendre ce qu'exprime le mot qui suit :*

» Les Belles ne captivaient pas les Pères
absolument ».

Fig. n

Paſſage. Les Pères invités ont paru tous les trois. Les apprêts ont fait ſur eux une ſenſation fort-agréable. A table, l'enjoûment des Convives a redoublé : j'ai trouvé le vin délicieux, moi qui l'aime médiocrement, & comme la pointe en était émouſſée, aulieu de l'ivreſſe, il n'excitait que cette chaleur douce qui dilate le cœur, en-laiſſant la tête libre. Je n'ai jamais vu d'Hommes plus aimables que les trois Moines : c'était le ſavoir-vivre, l'usage-du-du monde, une aménité, un poli dans les manières qui enchantaient. Peu-à-peu néanmoins, l'Homme naturel ſ'eſt montré davantage. L'imprudence a ſuccédé : tous-trois ont bu à la ſanté de leurs Maitreſſes, & c'étaient les plus aimables Femmes de la Ville ; car ils les ont nommées, après que D'Arras a eu répondu de ma diſcrétion. Je le regardais quelquefois avec ſurprise. Il m'a donné de bonnes raisons de tout, & m'a fait entrevoir que les Belles ne captivaient pas les Pères abſolument... L'entretien qui a ſuivi ſur le compte de ces Dames a été un-peu libre.... *T. I, p.* 283, *l.* 8,

XXIV.ᵐᵉ FIGURE.

EDMOND INTRODUIT.

Paffage. Tu connais M.ᶫᶫᵉ *Baron* l'aînée ;
cette Fille charmante, vive, enjouée, qui
paraît toujours environnée des Grâces &
des Ris ; mais à qui la Pudeur (dit-on) ne
tient pas toujours aussi fidelle compagnie?
Eh-bien, il nous fit faire connaiffance hier.
—Voila, me dit-il à l'oreille, en me la montrant, un excellent topiq contre tous tes
maux ; je vais te remettre entre les mains
de cette Demoiselle, comme dans celle
d'un Médecin expérimenté.... Peut-être
(continua-t-il tout-haut, en-f'adreffant à
elle, car elle avait entendu ce qu'il venait
de dire) fera-t-on obligé d'employer quelquefois le fer & le feu ; ce font des bleffures
invétérées que celles du Malade que je vous
adreffe ; mais avec de la patience & en-fecon-
dant la nature, je crois que l'on en-pourra
venir à-bout—. La Belle, qui fans-doute
était prévenue, fourit de l'apoftrophe, &
j'en-fus gracieusement accueilli.
T. *I*, *p.* 286, *l.* 15.

Sujet. *Edmond eſt introduit par Gaudet,
chés la Coquette Madelon Baron, que le Père
engaje à le former: La Belle ſourit en-deſſous au diſcours de Gaudet, qui lui dit:*

» Peut-être fera-t-on obligé d'employer
le fer & le feu »!

XX Vme

LES FIGURES

DU

PAYSAN PERVERTI.

RÉTIF-DE-LA-BRETONE............ .... *invenit.*
BINET...................................... .... *delineavit.*
BERTHET & LEROI..... ... . *incudeunt.*

La Naïveté, l'Innocence, la Candeur,
l'Enchantement séducteur de la Ville,
les Femmes, les Desirs, les Plaisirs,
la Volupté, les Écarts, l'Égarement,
la Licence, la Débauche, le Vice,
le Crime, l'Échaffaud, l'Infamie,
le Desespoir,
La Mort.

TOME SECOND.

TROISIÈME PARTIE.

Fig.   o

XXVme FIGURE.

Frontifpice de la IIIme Partie.

EDMOND dans les bras de la PERVERSION.

Sujet. *Il eft abfolument allégorique , &
a rapport aux Lettres philofophiques de Gaudet , répandues dans les trois premiers Volumes
de l'Ouvrage. Edmond eft affis fur les genous
de la Perverfion , qui pour marquer fa rapidité,
a de grandes aîles , qu'elle commence à dé-
ployer , en foulevant déja le jeune Paysan.
Edmond tient une Lettre de Gaudet (la première du II.^d Volume) dont on voit la fi-
gnature.*

» *Sua quemque trahit voluptas* ».

T. II, p. 3, l. 24.

XXVIme

XXVI.me FIGURE.
EDMOND & LA COQUETTE.

Sujet. *Edmond ayant été danfer chés la Coquette Baron, obtient d'elle un tête-à-tête, où il fe montre froid, parce-qu'il venait de voir la gentille Eámée : Pour le rappeler à lui-même, la Coquette emploie des moyens efficaces : Il fe ranime ; elle le repouffe, en le perfifflant avec un*

» Finiffez ! votre main me glace » ?

Fig.   P

Passage. Madelon est montée dans sa chambre ; un-moment après, je l'y ai suivie. La vue d'Edmée m'avait un-peu refroidi pour elle. Lorsque nous avons été assis, elle ne m'a pas trouvé cet empressement, que ses charmes ont coutume d'exciter. En Femme adroite & difficile à décourager, elle m'a fait observer qu'elle avait très-chaud. —Comme nous alons être fort-tranquiles, a-t-elle ajouté, je crois qu'il ne ferait pas inutile de changer ? —Croyez-vous ? —Mais oui. —Je vais vous délacer ? —Non pas, non pas ; appelez Marote (*). —Le ciel me préserve d'une si haute sotise !... Otons d'abord cette respectueuse—. Un-peu de resistance. Mais ce que j'ai vu m'a rendu téméraire. Ami, sein d'albâtre, reflux charmant ! ma main voulait s'égarer ; on l'a reprimée par un *Finissez*, Monsieur ! *votre main me glace !* T. II, p. 21, l. 5.

(*) Nom de la Fille qui la servait.

XXVII.me FIGURE.

EDMOND & LA FILLE HONNÊTE.

Passage. Je lui ai pris la main : elle ne l'a pas retirée ; mait elle a baissé ces yeux agaçans, qui semblent toujours étinceler des feux de l'amour. Je lui ai dit, —Belle Edmée, il n'est rien qui vous égale-. Elle a levé la vue sur moi, & ses yeux noirs se sont fixés un moment sur les miens ; l'éclair qu'ils ont lancé a été sa réponse. —Que vous êtes aimable ! (ai-je repris) que vous méritez d'être aimée ! —Je n'avais pas encore desiré de l'être. —Quoi ! votre cœur a toujours été insensible ? —*Insensible !* (& ce mot a été suivi d'un petit soupir.) —S'il ne l'est pas, heureus Celui qui l'a touché ! —N'alez pas croire, Edmond, qu'Un autre-.... (Elle a rougi de la vivacité de sa replique, & baissé la vue.) —Je sais bien que l'indifférence seule vous plait ? —Mais, comment donc croirai je que vous m'aimez ? —Parce que je vous le jure, & que je suis prêt à vous le prouver. —Et moi, je dois me taire : notre rôle ne saurait être le même. —Daignez me dire si je puis espérer ? —Vous ne le voyez pas ! —Un si grand bonheur ne peut se croire, sans une assurance précise ? —Quand une Fille écoute, comme je le fais, l'Amour qui lui dit qu'il l'aime, elle a répondu. *T. II, p. 463, l. 23.*

Sujet. Edmond ayant engajé Edmée & sa Sœur à une promenade solitaire, fait asseoir la Première pour causer, tandis que l'Autre s'amuse à cueillir des fleurs. Il lui exprime son amour, quoiqu'il ait déja une avanture pour les sens, & une vraie passion dans le cœur. Edmée répond, quand Edmond lui demande une assurance précise de sa tendresse :

» Quand une Fille écoute ... l'Amant ... elle a répondu ».

XXVIII.ᵐᵉ

XXVIIIme FIGURE.
LE PREMIER BAISER....

Sujet. *Edmond, écrivant à sa Sœur, & parlant tendrement de Fanchette, sœur de Mme Parangon, que cette Dame se propose de lui faire épouser, se retourne, & reçoit le premier baiser de l'amour, de la bouche de cette Femme charmante, qui croyait ne le donner qu'à l'amitié.*

» Un *baiser !* »

Fig.   q

Passage. Ce n'est point une passion criminelle , car je ne forme aucun désir contraire
à *sa* vertu : c'est pourtant quelque-chose de
si tendre , qu'il faut bien que ce soit de l'a-
mour... Un regard sévère vient de m'in-
timider , chère Sœur. Ah! pourquoi se fâ-
cherait elle! Dans ces traits séduisans , ne
vois-je pas ceux de l'aimable Épouse qu'elle
me destine ? Oui, c'est pour Fanchette que
j'ai de l'amour ... & son adorable Sœur ...
m'inspire un sentiment qui n'a pas de nom.
Mais j'adore Fanchette : je suis pénétré de la
faveur qu'elle m'a faite de m'écrire ; je vais
mettre tous mes soins à me rendre digne
d'être son Mari ; c'est autant par la vertu
que par l'amour que je prétens la mériter....
Ceci m'a valu (on me permet de l'écrire)
une faveur que j'étais loin d'espérer jamais;
un *baiser.* Quel fortuné moment!...
T. II, p. 70, *l.* 20.

XXIX.me FIGURE.

EDMOND CÉDANT EDMÉE.

Passage. Je ne demande pas que vous
vous déterminiez en un jour; permettez
que Bertrand vous fasse lire dans son cœur;
recevez-le seulement comme le Frère de
l'Amant de votre Aînée, & ... comme le
mien.... Dès qu'il vous sera parfaitement
connu, j'ose vous répondre que vous le rece-
vrez pour lui-même : il vous adore ; il me
l'a dit : un Jeune-homme aimable & tendre
est-il à dédaigner ? —Laissez moi! laissez-
moi! c'en est trop.... Alez, monsieur, ce
n'est pas que je rougisse de ces larmes que je
répans. Mais laissez-moi, laissez-moi, je
vous en-prie !... Homme que je ne devais
jamais voir !... qui m'avez troublée dès le
premier instant... Homme cruel, laissez-moi
donc-! *T. II*, p. 85, *l.* 29.

Sujet. *Edmond, captivé par les charmes de la Femme de son Maître ; sa véritable inclination, & qui lui a proposé sa jeune Sœur en mariage, renonce à Edmée qu'il aimait, parce-qu'elle était belle, & la cède généreusement à son Frère Bertrand, pour qu'il l'épouse le même jour que Georget épousera l'Aînée des deux Sœurs. Il découvre lui-même ses vues à cette Jeune-personne, qui desolée de son inconstance, le repousse ; en lui disant :*

» Homme cruel ! laissez-moi donc » !

On voit Bertrand, Georget, & Catherine qui observent ce qui se passe.

X X Xme

XXX.me FIGURE.
TABLEAU DES BONNES-GENS.

Sujet. *Edmée, cédée à Bertrand par Edmond, est aux genoux de sa Bellemère future, qui lui dit le mot de l'Estampe : Les deux Vieillards R** & Servigné conversent, le Premier est le plus proche d'Edmée : Edmond est derrière eux, & Ursule à-côté de lui ; Fanchon, femme de l'Aîné est appuyée sur la chaise de son Beaupère : Bertrand a une main sur le dossier de celle de sa Mère ; Georget caresse Catherine sa Future : différens Personnages de la Famille R**.*

♭ Oui, ma Fille, je vous serai une bonne
Mère ».

Fig.

Paſſage. Je voudrais pouvoir te rendre l'impreſſion que la vue d'Edmée a faite ſur nos Parens: ils ſont demeurés interdits autant de joie que d'admiration. La charmante Fille eſt d'abord alée à notre Mère, qui l'a reçue dans ſes bras. La tendre Edmée, ſ'eſt miſe à ſes genous, & lui a pris la main, qu'elle a portée à ſes lèvres. —Je vois, Madame (lui diſait-elle), la bonté de votre cœur ſur votre viſage, & que je vais recouvrer en vous une Mère auſſi bonne que *Celle* que nous avons perdue ma Sœur & moi! —*Oui, ma Fille* (a répondu Barbe De-B**), *oui, je vous ferai une bonne Mère-.*

T. II, p. 117, l. 18.

7

XXXIme FIGURE.

EDMOND ENTREPRENANT.

Paſſage. —Eh! quel eſt donc mon crime?
d'être tombé à vos genous; de vous avoir pris
la main; de l'avoir preſſée contre mes lèvres,
en-verſant des larmes d'attendriſſement &
de douleur: d'avoir touché par mégarde ....
ah! bien par mégarde, je vous aſſure! la
place de ce cœur que j'adore, & ... où j'ai
cru ... quelquefois avoir une place.... Voila
tous mes crimes. Vous vous êtes levée; un
regard ſévère; des pleurs.... Je n'ai pas
mérité cette rigueur, non, je ne l'ai pas
méritée: mes vues étaient innocentes.

T. II, p. 136, *l.* 30.

Sujet. *Edmond aux genous de* M.*me* Pa-
rangon, qui se lève effrayée de sa témérité ; car
il vient de porter la main jusqu'à sa goige.

» J'ai touché , par mégarde , la place de ce
cœur que j adore ».

XXXII.*me*

LES FIGURES

D U

PAYSAN PERVERTI.

RÉTIF-DE-LA-BRETONE............ .... *invenit.*
BINET................. .... *delineavit.*
BERTHET & LEROI.... ... . *incuderunt.*

La Naïveté , l'Innocence , la Candeur ,
l'Enchantement séducteur de la Ville ,
les Femmes , les Desirs , les Plaisirs ,
la Volupté , les Écarts , l'Égarement ,
la Licence , la Débaûche , le Vice ,
le Crime , l'Échaffaud , l'Infamie ,
le Desespoir ,
La Mort.

TOME SECOND.

QUATRIÉME PARTIE.

Fig.   f

XXXII.ᵐᵉ FIGURE.

Frontifpice de la IV.ᵐᵉ Partie.

EDMOND A PARIS.

Sujet. *Il exprime les embarras de Paris;
& il eft relatif à la p. 158 & fuivantes du II.ᵈ
Volume. Edmond paffe un ruiffeau fur une
planche: Une Fille-de-joie le fuit. On voit
des Bœufs, des Chevaux, un Enterrement;
un carroffe, &c.ᵃ*

» On fe trouve fous une voiture, ou fous les
» piéds des Chevaux, ou entre les cornes
» d'un troupeau de Bœufs ».

T. II, p. 159, l. 1.

XXXIII.ᵐᵉ

XXXIII.me FIGURE.
L'Attentat.

Sujet. *Edmond, emporté par une passion brutale & sans mesure, ose faire violence à la Femme de son Maître, dont il s'est aperçu qu'il était aimé.*

» Je n'ai rien ménagé ».

Fig.   t

Paſſage. J'ai hasardé un baiſer, que je croyais d'un Frère. Ma Couſine, devenue plus confiante, me l'a rendu.... Fatal baiſer ! il a détruit le calme ; la tempête la plus violente a ſuccédé. Ce n'a plus été l'amour; non, mon Ami; ce n'a plus été le plus-délicieus des ſentimens qui ſ'eſt emparé de mon cœur : c'eſt une odieuse frénésie ; c'eſt une ſorte de rage : la raiſon, la décence, les égards les plus indiſpenſables, & juſqu'à la pitié, j'ai tout foulé aux piéds; je n'ai rien ménagé, ni la pudeur, ni la délicateſſe de la plus belle & de la plus reſpectable des Femmes; ſes larmes, ſon deseſpoir ne m'ont pas touché. Dans mon empottement, je froiſſais, je meurtriſſais, avec une abominable brutalité, ces appas enchanteurs, ces membres délicats, qui ne doivent recevoir que des adorations & des careſſes....
T. II, p. 146, *l.* 5.

XXXIV.me FIGURE.
URSULE ENLEVÉE.

Paſſage. Nous avons été entourées dans
la rue *des-Billettes*, par des Hommes vêtus en
Paysans, qui ſemblaient ſe quereller. Ils ſe
ſont jetés entre nous comme des Brutaux
qu'ils étaient; Fanchette m'a pris la main :
Uuſule, qui était devant, a été pouſſée par
eux juſqu'à une voiture, dans laquelle on
l'a mise de force, & puis *foutte*, *Cocher.*
Dès que ce beau coup a été fait, tous les
Paysans ont diſparu. J'ai crié; Fanchette
ſe lamentait. *T. II*, p. 249, *l, 24.*

Sujet. *Urfule eſt enlevée par des Gens du Marquis déguiſés en Paysans, qui la portent dans une voiture, où le Raviſſeur les attend. M.ᵐᵉ Canon & la jeune Fanchette ſ'écrient.*

» J'ai crié; Fanchette ſe lamentait ».

X X X V.ᵐᵉ

XXXVme FIGURE.
EDMOND VENGEUR.

Sujet. *Edmond étant accouru à Paris,*
au secours de sa Sœur enlevée, rencontre le
Marquis, lui fait un appel; se bat, & perce
son Ennemi d'un coup-d'épée audessus de la
poitrine.

» Il a blessé à-mort le Ravisseur d'Ursule ».

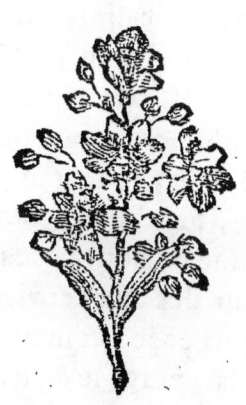

Fig.

Paſſage. Êtes-vous le Marquis *tel* ?
—Oui. —(*tout bas.*) Êtes-vous le Raviſ_
ſeur d'une Jeune-fille de Province ? —Que
vous importe ? Je ſuis le Frère de cette
Fille outragée, & je prétens la venger ſur
le Lâche qui ſ'eſt deshonoré lui-même en
lui feſant violence : & vous êtes ce Lâche.
—Je ne ſuis point un Lâche..... —Croyez-
vous, Monſieur, pouvoir l'épouser ? —Non,
Monſieur. —Vous m'accorderez donc de
vous battre avec moi, dans l'endroit &
avec les armes que vous choisirez ? —Pour
celui-là, Monſieur, à regret : mais j'accepte,
puiſque vous m'y forcez. Jour au lendemain. Edmond a paſſé la nuit dans un hôtel-
garni, & n'a pas voulu paraître chés nous
de la journée. Cette légère circonſtance,
donne une idée de ſa bravoure. A quatre
heures-&-demie, ils ſe ſont joints, dans un
terrein vide, proche les *grands-boulevards*,
d'où Perſonne ne pouvait les voir, à cause
de la hauteur des murs environnans. Ils ſe
ſont ſervis de l'épée, comme d'une arme qui
fait briller davantage le courage & l'adreſſe,
& fait-moins de bruit. Votre Ami a bleſſé
à-mort, à ce qu'il croit, le Raviſſeur d'Urſule. *T. II,* p. 166, *l.* 15.

XXXVI.me FIGURE.

EDMOND EN PARTIE-DE-PLAISIR.

Paſſage. *Cependant le dénoûment appro-*
chait. Il entendit ſortir plusieurs Perſonnes
de la chambre voiſine, & parmi elles, il crut
reconnaître la voix de l'Actrice : il ſ'aperçut
en même-temps, par un petit filet de lumière,
qu'on l'avoit écouté de cette chambre. Tandis
que ces réflexions ſe préſentaient aſſés desagréa-
blement à ſon eſprit, la porte du boudoir où il
était ſ'ouvrit avec fracas, & toute la Compa-
gnie ſ'y précipita munie de flambeaus ; la
B—pré en-avait deux : on ſ'avança en-riant
aux larmes, & l'on ala déterrer derrière un lit-
de-repos où elle ſ'était cachée, une Femme,
dont la vue fit friſſonner Celui qu'elle venait de
favoriſer. C'était une de ces Malheureuses qui
courent les rues, laide, ſale, & ce qui eſt le
pire, couverte de rougeurs qui ne ſont préſu-
mer rien de bon. T. II, p. 265, l. 26.

Sujet. Edmond en partie-de-plaisir avec le Marquis, un Mylord anglais & des Actrices de la Foire, s'amuse à myftifier un petit N'èg'ret, vil perfonnage: il lève le rideau qui couvrait une Malheureuse dont N'èg'ret avait joui, la croyant la jolie Actrice qui porte deux flambeaux. Le Marquis eft derrière Edmond: Mylord fe baiffe en riant; un-autre Convive lève les mains. N'èg'ret en fureur, regarde fa Déeffe:

» C'était une de ces Malheureufes qui courent
» les rues ».

XXXVII.me

XXXVII.me FIGURE.

EDMOND DESSINANT LE NU.

Sujet. *Edmond à-l'écart derrière un ri-*
deau de porte-vîtrée, deſſinant ſur le nu la
belle Urſule & la jeune Fanchette ; cette Der-
nière qui lui tourne le dos, achève d'enlever
le dernier voile.

»Urſule ... c'eſt Vénus ... Fanchette ... c'eſt
» Hébé ».

Fig. t

Paſſage.   Faut-il avouer avouer que j'ai
été curieus de m'en-aſſurer, un-jour qu'elle
prenait le bain dans ſa chambre avec Mlle
Fanchette? J'ai profité de cette occaſion,
pour deſſiner le nud, d'après deux Objets
auſſi parfaits: ces deux eſquiſſes ſont charmantes! car j'ai eu la même occaſion,
& plus belle encore le lendemain pour y re-
toucher. Je me promets de profiter encore
de la manœuvre adroite que j'emploie,
Urſule, parfaitement formée, a la molleſſe
& le nourri des contours: c'eſt Vénus, ou
la nature dans ſa perfection; Fanchette,
plus délicate, eſt moins achevée; c'eſt une
Grâce, c'eſt Hébé. *T. II*, p. 272, *l.* 25.

X X X V I I I.me F I G U R E.

EDMOND à la toilette de la MARQUISE.

Paſſage. Lorſque le Marquis me préſenta, la Marquiſe était à ſa toilette : peu fait
aux uſages reçus, je fus ſurpris qu'il m'intro-
duiſît auprès d'une jeune Beauté demi-nue,
dont les tréſors étaient les plus-ſéduiſans qui
puiſſent frapper les yeux d'un Mortel. Une
jupe courte laiſſait voir une jambe fine, dont
un piéd mignon completait les grâces : ſon
corſet demi-lacé, ne raſſemblait pas encore
ſa gorge, qu'on voyait dans toute ſa beauté
naturelle ; ſa tâîlle ſuelte avait un charme
que je ne puis rendre ; ſes yeux une douceur
enchantereſſe, & tous ſes appas, une apétiſ-
ſante fraîcheur. Je fus ébloui ; la Marquiſe
ſ'en-aperçut, & le Marquis lui-même en
parut flaté. Pour me donner le temps de me
remettre, il fit mon éloge. La jeune Dame
me demanda, ſi je voulais conſacrer quelques
matinées à la peindre en Nymphe ? Juge ſi
je ſaiſis avec ardeur l'occaſion de voir ſouvent une ſi belle Perſonne! *T. II, p.* 283, *l.* 12.

Sujet. *Le Marquis, amant d'Ursule, présente Edmond à la jeune Marquise, tandis qu'elle est à sa toilette, dans la vue criminelle, de le lier avec sa Femme, afin qu'il lui abandonne Ursule. Le jeune Paysan est enchanté des grâces de la jolie Marquise, qui de son côté voit ce beau Garçon avec plaisir. La petite Femme-de-chambre, Susette, pense comme sa Maitresse, à ce qu'indique l'air dont elle regarde Edmond.*

» Je fus ébloui : la Marquise s'en-aperçut ».

XXXIX.me

XXXIXme FIGURE.

LE FAT PUNI.

Sujet. *Edmond ayant recouvré sa Sœur,
que le Faquin de Lagouache avait séduite &
enlevée, consent à se cacher avec Ursule,
derrière un paravent, pour qu'elle entende quel
cas son vil Amant fesait d'elle. Le Marquis
interroge le Fat, qui repond :*

» Je croquerais cent Poulettes comme
  » ça, & je les revendrais ensuite ».

*Edmond veut sortir pour se jeter sur lui ; Ur-
sule le retient.*

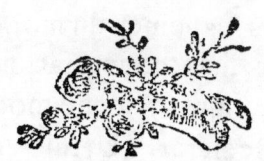

F.g.   x

Paſſage. Le Marquis nous a fait cacher ma Sœur & moi derrière un paravent , & il a prié Laure d'envoyer chercher Lagouache. Le vil Perſonnage ne ſ'eſt pas fait attendre. Le Marquis lui a demandé des nouvelles d'Urſule. Il a ricanné. Alors le Marquis, de ce ton protecteur, familier aux Grands, a fait ſes propoſitions. Je m'attendais à quelques difficultés : mais non ; le parti a été accepté ſans balancer , avec une baſſeſſe plus odieuſe que l'action même. Il a dit au Marquis: —Vous ſavez ce qu'elle vaut, puiſque vous lui avez fait un Enfant, malgré elle, dit on? —C'eſt une action dont je rougis (a répondu le Jeune-ſeigneur). Baſt! je croquerais moi cent Poulettes comme ça , que je n'en ſerais que plus glorieus ; & je les revendrais enſuite , ſi je trouvais Marchand, à tel prix qu'on m'en voudrait bien donner. —Alez m'attendre chés moi (a dit le Marquis en-diſſimulant ſa colère). Quant à moi, j'avais toutes les peines du monde à me contraindre , & ſi la couverſation eût encore duré deux minutes , je me montrais & poignardais le Scélérat. Urſule en larmes, liſait mon agitation dans mes regards , elle me ſerrait dans ſes bras & me retenait de toutes ſes forces. *T. II*, p. 303, l. 27.

X L.me F I G U R E.

EDMOND AU RENDÉVOUS NOCTURNE.

Paſſage. Susette me parlait d'elle hièr-
ſoir ; & moi, je comprenais de la Marquise
ce qu'elle me disait.   La Fripone ſ'eſt aperçue du qui-pro-quo : elle a proposé un rendévous pour la nuit prochaine.   J'ai accepté.
A-minuit, elle eſt venue m'ouvrir une porte
du jardin.   Je l'ai ſuivie juſqu'à ſa chambre,
qui eſt à-coté de l'appartement de ſa Maî-
treſſe, où j'ai penſé qu'elle me conduisait :
mais un petit bruit de rideau que nous avons
entendu, lui ayant fait ſouffler la lumière,
je n'ai plus ſu où j'alais.   Elle avait quitté ma
main dans le premier mouvement de crainte ;
elle ne l'a repriſe qu'au bout d'un inſtant,
pour me conduire dans un alcove.   Elle ſ'eſt
mise au lit apparemment ; & m'a invité à m'y
gliſſer, d'un ſon-de-voix, ſi reſſemblant à
celui de la Marquise, que je m'y ſuis trompé.
J'ai fait les choſes en-conſéquence ; & la
Fripone a dû bien rire, de ſ'entendre quelquefois appeler *mon adorable Marquiſe !* Car
le matin, mon Ami, le matin ! au grand jour,
j'ai trouvé... Susette à-côté de moi !...   Je
me ſuis reſigné : Susette a vingt ans ; elle eſt
blanche comme lis, vermeille comme la
roſe, ardente au déduit amoureus...
T. II, p. 309, *l.* 32.

Sujet. *Edmond est introduit dans l'appartement de la Marquise par Susette. La Première entr'ouvre un rideau, de son alcove, pour faire signe à sa Suivante, qu'Edmond regarde, de souffler la lumière: Celle-ci exécute l'ordre de sa Maitresse, & lui remet le Jeune-homme, qui le lendemain croira qu'il a passé la nuit avec la Femme-de-chambre.*

» Un petit bruit de rideau lui ayant fait souf-
» fler la lumière, je n'ai plus su où j'alais ».

XLI.me

LES FIGURES

DU

PAYSAN PERVERTI.

RÉTIF-DE-LA-BRETONE............ .... *invenit.*
BINET....... .... *delineavit.*
BERTHET & LEROI..... ... . *incuderunt.*

La Naïveté, l'Innocence, la Candeur,
l'Enchantement séducteur de la Ville,
les Femmes, les Desirs, les Plaisirs,
la Volupté, les Écarts, l'Égarement,
la Licence, la Débauche, le Vice,
le Crime, l'Échaffaud, l'Infamie,
le Desespoir,
La Mort.

TOME TROISIÈME.

CINQUIÈME PARTIE.

Fig. y

XLI.me FIGURE.

Frontispice de la V.me Partie.

EDMOND RIBOTEUR.

Passage. Malgré ta philosophie, j'ai rougi de moi même ; je me suis caché dans le faubourg *Saintmarceau* chés une Blanchisseuse : là, j'ai végété ; j'ai appliqué mon néant à l'exercice d'une profession où les facultés de l'esprit ne sont pas nécessaires, & dont le Beaufils de mon Hôtesse, espèce d'automate, m'a donné l'idée. J'ai été aux Guinguettes, avec ce Jeune-homme & sa Sœur, que j'ai séduite, malgré sa touchante naïveté ; mais rien ne me touche plus !... J'ai fréquenté les Billards, & tous les endroits où la crapuleuse débaûche rassemble la Canâille : je me suis plongé dans un océan de turpitude.
T. III, p. 60, *l.* 3.

Sujet. *On voit Edmond donnant le bras à Tonton la petite Blonchisseuse, suivi du Frère de cette Fille, la pipe à la bouche, & précédé de Mauvais-garnemens, dont l'Un tient Colette, amie de Tonton, d'Autres se battent, & d'Autres filoutent un Homme ivre : Edmond en impose avec sa canne à Ceux qu se battent.*

» J'ai été aux Guinguettes, avec ce Jeune
» homme & sa Sœur ».

X L I I.me F I G U R E.

EDMOND A LA MARQUISE INFIDELLE.

Sujet. *Edmond, qui vient de surprendre la Marquise en infidélité , revient auprès d'elle , après avoir puni le Valet favorisé : On le voit reprochant à cette Belle sa turpitude. Elle le regarde avec un tendre intérêt.*

» *Avec qui donc je venais de me battre* » ?

Paſſage. Je me ſuis rendu tout enſanglanté auprès de la Marquiſe. En me voyant elle a pris un air … ah! que de ſcélérateſſe !… un air d'intérêt, de tendre inquiétude : elle m'a demandé, *Avec qui donc je venais de me battre?* —C'eſt un Faquin que vos bontés rendent inſolent, que je viens de châtier, Madame. —*Mes bontés—!…* L'explication en eſt reſtée-là. *T. III,* p. 10, *l.* 6.

XLIII.me FIGURE.

EDMOND SUCCOMBANT.

Paſſage. J'ai employé tout ce que tu nommes mes *mignardises.* Je ſavais, comme toi, qu'il a ſur-tout un faible pour une chauſ-ſure mignone ; ſes regards en-deſſous m'en ont inſtruite ; je me ſuis étalée ſur mon ſofa automate, dont le reſſort a fait ſon devoir. Je regardais Edmond d'un air languiſſant, la jambe découverte juſqu'à demi-mollet, feſant jouer dans mon piéd une mule à mettre deux-doigts. Je t'avoue, que jamais cette attitude n'a manqué ſon effet ; elle aurait damné tous les Saints qu'on chom-me aujourd'hui. Edmond me regardait, & les combats de ſon faible cœur, contre ſa pauvre raison ſe peignaient dans ſes yeux : il a rougi. A ce ſigne de ma victoire, je lui ai envoyé le baiser napolitain.

T. III, p. 31, *l.* 6.

Sujet. *Edmond indécis, mais dans la plus grande émotion, en-voyant devant lui l'Objet le plus séduisant, qui ne demande qu'à le faire succomber. Le crime qu'Ursule médite en ce moment, doit être horriblement puni !*

» Je lui ai envoyé le baiser napolitain ».

XLIVme

XLIV.me FIGURE.
URSULE DUPÉE.

Sujet. *L'Infortunée Ursule, absolument pervertie, & coupable avec Edmond du crime qu'elle a provoqué elle-même, s'étant aperçue qu'elle avait été dupée par un Porteur-d'eau qu'on avait fait déguiser en Seigneur, paraît l'épée à la main, pour se venger de l'Auteur de cette tromperie, qui est un vieux Italien, à qui elle avait joué un pareil tour. Le traître de Porteur-d'eau, tâche de la calmer; tandis que Trémouffée, sa Femme-de-chambre, repasse les épaules de l'Italien avec un manche-à-balai.*

» Trémouffée saisissant un manche-à-balai ».

Fig.   &

Paſſage. L'Italien était lui-même dans
la maison ; il eſt accouru; il a oſé pénétrer
juſqu'à moi. A ſa vue, j'ai repris mon épée,
& fière Amazone, j'ai avancé ſur lui, bien
reſolue de le percer. Il ſ'eſt mis en-défenſe.
Le Porteur-d'eau cependant me priait de lui
céder mes armes, en-m'aſſurant qu'il ſavait
en faire uſage, & qu'il voulait me prouver
que ſon dévoûment était ſans reſerve. En-
effet, il a fait reculer le Traître, que j'accâ-
blais d'injures. Sur ces entrefaites, *Trémouſſée* ma Femme-de-chambre eſt arrivée:
c'eſt une vigoureuſe Fille, comme tu ſais !
elle a ſauté ſur le Vieillard, qu'elle a deſar-
mé; & ſans perdre une minute, ſaiſiſſant
l'arme favorite de ſes Pareils, un manche-
à-balai, elle l'a repaſſé de la bonne manière,
& ſi comiquement, que j'en-mourais-de-rire.
T. III, p. 45, *dern. ligne.*

XLV.me FIGURE.
EDMOND POIGNARDANT.

Paffage. Je l'ai pourfuivi, l'Infame, je l'ai pourfuivi jufqu'à Londres, où il alait fe cacher: je l'ai trouvé dans une taverne, environné de Proftituées; je l'ai trainé dehors: —Anglais, me fuis-je écrié, Peuple libre, jufte, généreus, ce Scélérat a deshonoré ma Sœur; il l'a vendue; il l'a... fait périr—! En achevant ces mots, je lui ai percé le cœur. Une admiration d'horreur f'eft printe fur tous les visages. *T. III, p. 56, l. 10.*

Sujet. *Edmond ayant découvert où s'é-tait réfugié le Porteur-d'eau, dont on s'était servi pour perdre Ursule, le trouve à Londres, le tire de la taverne, & le poignarde à la vue des Anglais, qu'il intéresse en sa faveur, contre ce Miserable.*

» Anglais !..... ce Scélérat a... fait périr ma
» Sœur ».

X L V I.^me

X L V I.^{me} F I G U R E.
EDMOND DESERTEUR.

Sujet. *Edmond s'étant engagé, & ayant deserté, il est pris : Le Marquis de-***, premier amant de sa Sœur, qui le veut éprouver, lui fait subir le traitement dû à son crime, jusqu'à la mort exclusivement. Edmond donne les plus fortes preuves de fermeté, de mépris de la mort. Les fusils partent : Il dit froidement au Capucin qui l'exhorte :*

»Ils m'ont manqué ».

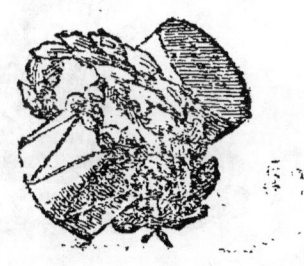

Fig.   a a

Paſſage. On a roulé vers l'endroit con-
venu, dans mon parc de ***, où on l'a
deſcendu. On l'a attaché ; le Père ſ'eſt
inſenſiblement éloigné, en enflant ſa voix.
On a fait rater exprès quelques fuſils ; il a
fait un mouvement. Un coup, ſuivi de
dix autres, eſt auſſitôt parti. —Ils m'ont
manqué-! a-t-il dit froidement.

Dans les Lettres recouvrées, Tome IV,
p. 220, *l.* 29, *à placer au* Tome III, *entre la*
*CXLIV.*ᴹᴱ & la *CXLV.*ᴹᴱ Lettres, *p.* 59.

XLVII.ᵐᵉ FIGURE.
EDMOND & URSULE PERDUS.

Paſſage. L'Homme en-noir eſt ſorti : &
je l'ai remplacé. La Fille était ſur le bidet,
& me tournait le dos : la maladroite Mar-
chenſe, en-recevant mon petit-écu, a fait
tomber l'unique lumière qui nous éclairât :
tandis qu'elle courait la ralumer, je me ſuis
approché de la Belle, & j'ai commencé à
prendre quelques libertés. La Femme eſt
revenue un flambeau à la main. Quelle ſurpriſe, ou plutôt quelle horreur!... C'était
Urſule!... Urſule! Gaudet! Urſule !...
Peu ſ'en-eſt falu que je ne me ſois évanoui.
—Sors, ai-je dit à la Vieille, laiſſe-nous—.
T. III, p. 61, *l.* 10.

Sujet. *Edmond plongé dans le libertinage & la plus crapuleuse débauche, trouve sa Sœur dans un lieu-infame, où elle lui est amenée comme une Malheureuse destinée à assouvir la brutalité. La Marcheuse, à son retour avec la lumière, montre les deux Infortunés l'un à l'autre. Edmond fremit & se cache le visage; Ursule renvoie la Femme du geste de la main.*

» C'était Ursule !... Ursule ! Gaudet !
» Ursule » !

XLVIIme

XLVIII.me FIGURE.
EDMOND INFAME.

Sujet. *Edmond parvenu au plus-bas degré de perversion, soutient le libertinage de sa Sœur & des Compagnes de cette Infortunée : On le voit ici dans un mauvais-lieu, mettant de l'ordre dans le desordre : il tient la main d'Ursule, qu'il présente à Celui qu'elle desire, en-même-temps qu'il ordonne au Jeune-Frère & au Précepteur de s'accommoder des deux autres Filles :*

» Rapportez-vous-en à moi ».

Paffage. Un de ces jours, un Précepteur
était chés Urfule avec fes deux Élèves. Il
avait choisi Urfule pour lui. Mais l'Aîné
des deux Jeunes-gens, qui avait dixhuit ans
accomplis & de la barbe, la voulait avoir :
grande difpute ! le Maître prétendait qu'on
lui cédât. —Au B**, point de Maître_! di-
fait l'Élève. On eft venu me chercher. Je
fuis entré comme un-autre Particulier, en
demandant —Pourquoi donc tant de bruit ?
Les Filles m'en ont dit le fujet. Alors, j'ai
déclaré qui j'étais, & que ces *Filles* vivaient
fous ma protection. —Mais je fuis honnête,
ai-je continué : je ne veux que la juftice :
rapportez vous en à moi-. Ma mine redou-
table les effrayait : ils y ont confenti. J'ai
donné Urfule à l'Aîné, fur un coup-d'œil
qu'elle m'a fait, l'Autre plus jolie au Cadet,
& comme Celle qui reftait ne plaisait pas au
Précepteur, j'ai ordonné à cette *Fille* d'aler
lui chercher en Ville une de fes Compagnes,
la plus jeune poffible. Mes ordres ont été
exécutés; on lui a amené une petite Fille
de treize ans, qui lui a parfaitement con-
venu. Je m'en-doutais, fachant le goût de
Meffieurs les Caffards d'un certain âge.
T. III, p. 68, *l.* 10.

XLIX.me FIGURE.

LA VERTU DANS LE VICE.

Paſſage. Zéphire tourna doucement la
cléf, entr'ouvrit timidement la porte, &
regarda ſi elle pourrait apercevoir ce qu'elle
cherchait. J'étais enfoncé dans le lit (nom
trop honnête que je donne à ma triſte coû-
che) : elle ne me vit pas ; mais mon habit
poſé ſur la charpente d'une vieille chaiſe me
fit reconnaître. Elle'entra pour-lors, ſuivie
de l'Hôte, gros auvergnat, aſſés bon-diable,
ſ'il n'était pas plus intéreſſé qu'Harpagon :
—C'eſt lui (dit-elle à demi bas, en-donnant
de l'argent au Ruſtre); alez vite chercher
tout ce qu'il lui faut. —Ma-foi, ma'm'ſelle,
i'lui faut du bouillon–.

L'Homme ſorti, Zéphire ſe jeta ſur mon
lit les larmes aux yeux: —Méchant! (me
disait elle) vous-vous cachez à vos Amis ?...
Ah! fuyez tout le monde, ſi vous le voulez;
mais pas Zéphire! elle eſt ſi bonne fille!...
qu'elle ſoit de votre ſecret; elle ne le dé-
couvrira à Perſonne du tout–! Juge de ma
ſurprise & ... de mon admiration!
T. III, p. 74, l. 23.

Sujet. *Edmond malade, & manquant de tout, eſt ſecouru par Zéphire, jeune-proſtituée à laquelle il ne falait que des lumières. pour être vertueuse; elle vient de lui eſſuyer le visage & de le ſoulever; elle lui fait de tendres plaintes de ce qu'il ſ'eſt caché d'elle: Le Malade ravi, oublie ſon mal, & regarde ſa Jeune-amie d'un air conſolé. L'Hôte à la porte, voit tout-cela ſtupidement.*

» Méchant ! vous vous cachez à vos Amis !..
» Fuyez tout le monde ! mais pas Zéphire »!

L.ᵐᵉ

L.^{me} FIGURE.

URSULE à L'HOPITAL.

Sujet. *Edmond n'ayant pu trouver de maison religieuse où on voulût de sa Sœur, défigurée par les ravages d'une maladie honteuse, suite de la débauche, la conduit à l'Hôpital, où le P. Gardien la recommande. On voit ce Religieux qui la console : Tandis qu'Edmond bourrelé, ne peut soutenir le spectacle de sa Sœur en pareil endroit.*

» *O Miserable ! voila donc où tu mets ta* » *Sœur* » *!*

Fig.   e e

Paffage. Nous-nous fommes vus obligés
de la mettre à la *Salpétrière*, où elle eft inf-
tallée d'hièr. Des ruiffeaux de larmes ont
coulé de fes yeux. Je n'ai pu fupporter ce
fpectacle ; les fanglots me fuffoquaient, &
je croyais entendre derrière moi ma pauvre
bonne-Mère, qui me criait : *O Miférable !*
voila donc où tu mets ta Sœur ! Le P. Gardien a fait tous les arrangemens : aux desagrémens près du lieu, elle fera fort - bien,
& il fe propose d'y veiller foigneusement,
en payant les quartiers. *T. III*, p. 81, *l.* 8.

L I.ᵐᵉ F I G U R E.

EDMOND COMMISSIONNAIRE DE LUI-MÊME.

Paſſage. L'un de ces jours, la Femme d'un Orfèvre de la rue de l'*A**-ſ.** me parut jolie, & je resolus, pour me divertir, de pénétrer ce qu'elle avait dans l'âme, & à quoi tenait ſa vertu : pour cela je pris le parti de lui écrire ce qu'elle m'inſpirait. Ma Lettre était un-peu libertine, mais je lui avais donné une tournure plaisante. Je la portai moi-même, ſous mon uniforme de Savoyard, & en la préſentant, j'en-fis honneur, dans mon groſſier baragouin, à un jeune Mouſquetaire. J'avais choisi le moment où la Belle était seule dans ſa boutique. On lut : on ne ſe contraignait pas beaucoup devant moi ; j'avais le plaisir de ſuivre les mouvemens qu'inſpirait la lecture : i's ſe peignaient tous ſur ſon aimable phiſionomie ; tantôt elle ſouriait, tantôt elle rougiſſait, quelquefois elle éclatait-de-rire. *T. III, p. 87, L. II.*

Sujet. *Edmond se livrant à tous ses goûts pour le plaisir, se deguise sous différens cos-tumes, pour jouer des tours, & attrapper des Femmes. On le voit ici dans une boutique d'Orfèvre, en Savoyard, qui vient de re-mettre une Lettre d'amour, qu'il a écrite. Il examine l'impression que fait cette Lettre, & se promet d'en tirer parti: (ce qu'il exécute le même soir.)*

» Tantôt elle rougissait, quelquefois elle
» éclatait-de-rire ».

LII.me

LII.me FIGURE.
EDMOND SAVOYARD.

Sujet. *Edmond continuant à chercher des avantures, devient Commissionnaire d'une Jeune-personne, dont il lit les Lettres; il profite des lumières qu'elles lui donnent, pour se substituer au véritable Amant, durant l'obscurité. Il est introduit, emmitouflé, par une Vieille Servante, auprès de la Jeune-personne, qui renvoie à son approche une petite Suivante & les lumières.*

» La Poulette... se débarrassa d'une petite
» Femme-de-chambre »».

Fig. d ij

Paſſage. Je me raccourcis, en me pré‑
ſentant , & me gliſſai avec tant de rapidité ,
qu'il lui fut impoſſible de m'examiner. La
porte refermée , Jeanneton m'endoctrina :
je fis pourlors aler mon tic : on me conduiſit
à la chambre de la Poulette : qui m'enten‑
dant approcher , ſe débarraſſa d'une petite
Femme‑de‑chambre , en lui feſant empor‑
ter les lumières : Quand j'entrai , encore
mon tic : la Belle ne parlait pas , ou dumoins
ſi faiblement..... Mon tic , & des careſſes
fort‑vives lui répondirent. . . . .
T. III , p. 90, *l.* 20.

LIII.me FIGURE.

LA PARTIE-DE-BILLARD.

Paſſage. A la Lettre CLII. —Quoiqu'-
vou' faite don-là vous ſu'ç' ban, à dormir ?
eſt - qu'vou' avez paſſé là la nuit ? —Ah!
c'eſt toi, *Margoton ?*

> Margoton, m'amie,
> Margoton mon cœur;
> Il vous faudrait un bon biſ...cuit,
> Pour vous ... pour vous remettre,
> Il vous faudrait un bon biſ...cuit,
> Pour vous remettre en appêtit.

—C'ment dôn! i'ſ'réveille comme les Côqs,
en-chantant! —Veux-tu faire une partie,
Margoton? Tiens, pose-là ton inventaire.
—Ah-bén oui! eune partie avec un Croc-
de-billard! —Je jouerai de franc-jeu. Le
Garſon n'y eſt pas; il n'y vient Perſonne dans
la matinée : tu vas voir que ça ira bien !
—Nenni, nenni, pas d'ça! —Ta marchan-
diſe contre la mienne? —Conte la ſienne!
ah-bén ça n'f'rait pas mal drôle? —Eh-bien,
ton pucelage contre le mien? —Voyez-
dôn l'gros malin! qu'eſt-qu'i'riſqu'rait dôn ?
—Je te donnerai du retour : tiens, vois-tu
cet écu neuf? c'eſt une roue-de-derrière ;
elle eſt à toi, ſi tu gâgnes : toute ta marchan-
diſe eſt à moi, ſi tu pers? *T. III, p. 93.*

Sujet. *Edmond ayant donné dans tous les*
amusemens frivoles, dangereus, criminels, fré-
quente les Billards. Un matin, qu'il y atten-
dait les Joueurs, il y vint une jolie Mar-
chande-de-fruits, qui le tenta. Il raconte
cette avanture à Gaudet, en coupant le récit
d'une-autre déja en-train. On le voit ici,
proposant une partie équivoque à la jeune
Fruitière, qui lui répond :

» Voyez dôn l'gros malin! qu'eſt qu'i'rif-
   » qu'rait dôn! »

L I V.ᵐᵉ F I G U R E.

EDMOND RAMONEUR.

Sujet. *Edmond entreméle cette Avanture*
aux trois autres : Il a trouvé-moyen de faire
donner un faus avis à la Maitreſſe d'un Gar-
ſon-apothicaire , & il ſe rend chés elle à la
la place de ce Jeune-homme. On le voit plein
de ſuie, courant à la belle Adelaïde , qui le
prend pour ſon Amant , au demi-jour du
matin.

» Je courus à elle tout-plein de ſuie ».

Fig   e e

Paſſage. Je ne manquai pas. Mais par un ſingulier contretemps, ce fut la Maman qui me reçut. Heureuſement, je m'étais exercé à monter dans une cheminée. Je grimpai dans celle de la Dame, & ayant trouvé un paſſage à une certaine hauteur, je deſcendis par une-autre. Je me trouvai dans une chambre, où j'aperçus ma charmante Adelaïde, fort-inquiette. Je courus à elle tout-plein de ſuie, & profitant du demi-jour, je la renverſai ſur l'autel du Plaiſir, où le ſacrifice fut conſommé.

T. III, *p.* 100, *l.* 22.

LVme FIGURE.

EDMOND JUSTIFIÉ PAR CELLE QU'IL TRAHIT.

Paſſage. Zéphire ſaiſit l'inſtant où elle ſ'écartait (la jeune Drapière trompée par Edmond) de la Foule avec ſa Mère ; elle les joignit ſous les arbres, où elles venaient de ſ'aſſeoir, & ſ'adreſſant à la Jeune-perſonne, de cet air charmant que tu lui connais, elle lui dit : —Madame, l'attention que vous m'avez donnée eſt trop-flateuſe, pour que je ne deſire pas de ſavoir à quoi je la dois : mais quelle qu'en ſoit la cauſe, je puis vous aſſurer d'avance, que vous intéreſſer eſt ce qui pouvait m'arriver de plus heureus-? La Mère de ma Belle lui répondit : —Madame, vous étiez tout-à l'heure avec un Homme que nous avons cru connaître : voudriez-vous nous aider à découvrir ſi nous ne nous ſommes pas trompées ? —Très-volontiers, meſdames, reprit Zéphire : il doit être bientôt mon mari. —Ah ! que je vous plains, mademoiſelle ! dit encore la Mère : croyez qu'il ne vous aime pas ſincèrement ! —Si je le croyais (dit Zéphire, avec une étincelle de ce feu qu'elle met à tout) il ne périrait que de ma main... Mais non, j'aurais la faibleſſe de lui pardonner... Madame, ſ'il m'eſt infidèle, ne me révélez pas ſon crime—.

T. III, p. 107, *l.* 3.

Sujet. Edmond termine enfin ici son avan-
ture avec la jolie Drapière. Il en est reconnu
aux Tuileries, où il se promenait avec Zéphire
& Laure : craignant les suites, il s'est échappé ;
mais Zéphire, quoique très-jalouse, entre-
prend de le servir efficacement, & de pénétrer
ce que ces deux Femmes ont dans l'esprit. On
la voit aborder la jeune Drapière & sa Mère ; elle
leur parle de cet air gracieux qui lui est naturel :

» Madame , l'attention que vous m'avez
» donnée est trop flateuse.... ».

L V I.me

LVI.me FIGURE.
DUEL DE ZÉPHIRE & D'AURORE.

Sujet. Zéphire invitée à la noce de la jeune Drapière, y apprend par un Homme-marié, qui lui fesait sa cour, qu'Edmond, son prétendu, voyait une certaine Fille-de-joie, nommé Aurore, rue Fromenteau : La vive & tendre Fille va la trouver, la fait descendre, l'interroge, la pousse à-bout, l'emmène, & la force de mettre l'épée à la main. On les voit dans l'action, à-l'instant où Zéphire déja blessée légèrement audessus du sein, atteint le bras d'Aurore, qui laisse tomber son épée.

» Elle fait une feinte, & blesse Aurore au
» bras ».

Paſſage. Zéphire dégajée a couru aux
armes, & a préſenté uné épée à ſon Enne_
mie: —Tiens, vile Harengère, lui a-t-elle
dit, attaque, & défens-toi noblement_!
Aurore, poltrone comme toutes les Fem_
mes, a pâli en voyant briller deux *épées*
nues: néanmoins tout-en-tremblant, elle
en-a pris une, parce-que ſa Rivale étant
déja armée, il n'était'plus poſſible d'en-venir
au colletage. On a commencé a ſ'excri-
mer: Zéphire avance courageuſement ſur
ſa Rivale, qui recule: mais Aurore avait
un karako de ſatin ouetté & piqué, avec
une pièce d'eſtomac; Zéphire un corpsba-
leiné: Celle-ci reçoit une égratignure au_
deſſus du ſein; elle fait uné feinte, &
bleſſe Aurore au bras : le ſang jaillit de
leurs bleſſures, & va teindre en pourpre
les lis de leur peau ſatinée.

T. III, p. 114, *l.* 1.

LVII.me FIGURE.
URSULE RETIRÉE DE L'HOPITAL.

Paffage. Je viens enfin de découvrir le retraite d'Urfule ! ne l'y cherchez plus ; je l'emmène. N'attendez de ma part ni remontrances, ni reproches : il n'eft pas de termes ..... je n'ai que des larmes. *T. III, p.* 115 & 116.

Urfule eft entrée modeftement, & fes yeux f'étant d'abord portés vers la Supérieure, elle l'a faluée : puis fe retournant vivement de mon côté, elle a paru me confidérer fous mon habit de deuil, avec une méditation profonde, dont elle eft fortie par un cri, en fe précipitant à mes genous. Je l'ai voulu foulever.... —Ah-dieu (f'eft elle écrié), eft-ce vous, madame, qui venez à moi ! *Paysane pervertie,* IV.me *Partie.*

Sujet. *M.*ᵐᵉ *Parangon ayant enfin ap-pris, par le Gardien, qu'Urſule enlaidie, était à l'Hopital, elle vient l'y chercher, à dix heures du ſoir. On voit Urſule aux ge-nous de cette Dame ; tandis que la Supé-rieure debout, admire la générosité de l'Une & la reconnaiſſance de l'Autre. A-côté, au-près d'une table, la plume à la main, eſt la Secrétaire de la Supérieure.*

» Ah-Dieu! eſt-ce vous, Madame, qui
» yenez à moi » !

Nota. Ce mot eſt de LA PAYSANE PERVERTIE, ainſi que toute la ſituation.

LVIII.ᵐᵉ

LVIII.me FIGURE.
EDMOND JOUEUR.

Sujet. Edmond joignant la bassesse de
l'excroquerie à ses autres vices, trompe au
jeu de Jeunes-officiers, qui s'en-aperçoivent:
il les provoque au combat. On le voit debout,
l'air aussi fièr que s'il avait raison, montrer
à ses Ennemis la garde-de-son épée. C'est le
dernier degré de la corruption, que de profa-
ner son courage, en le fesant servir à la protection de ses vices !...

» Je me suis fâché le plus-fort ».

Fig.   g g

Paſſage. La plus puiſſante de mes diſtrac-
tions, ç'a été le jeu. Tu ſais que j'y avais re-
noncé, depuis le malheureus uſage que nous
fimes de notre adreſſe, ma Sœur & moi,
quelques jours avant ſon malheur, quoique je
ſuſſe que notre infortune fût un tour de l'a-
bominable Italien. J'ai été à l'*académie*, où
j'ai gâgné conſidérablement à des Officiers,
qui le prenaient aſſés mal : je me ſuis fâché le
plus fort, & ſentant bien qu'il falait impoſer
ſilence à la critiquel, j'ai prouvé que j'étais
franc joueur, comme les antiqs Chevaliers
prouvaient la beauté de leurs Dames : leurs
charmes, & ma franchiſe n'en valaient pas
un obole de plûs, mais cela fait taire les lan-
gues : j'en ai battu deux, & fait peur aux
Deux Autres. *T. III, p.* 119, *l.* 11.

LIX.me FIGURE.
EDMOND BERNÉ.

Paſſage. Je me diſposais à ſortir, quand ils ſe ſont tous jetés à-la-fois ſur moi, en-diſant, que puiſque j'étais de la noce, il falait que je fuſſe du feſtin. —Volontiers—! ai-je répondu. Je ſuis entré dans la chambre : mais en-m'approchant de la cheminée, j'ai été renverſé par les quatre Jeunes-gens, ſur une couverture. J'étais dans une fureur inexprimable. Sailli, l'Alſacienne, & la Dupont elle-même ſ'y ſont oppoſées, & voulaient crier. Les quatre grands Gaillards leur ont impoſé ſilence. Ils ont décidé que je ſerais berné. Les trois Femmes ſe ſont alors contentées de tenir les coins, mais à bonne intention : car les maudits Berneurs lâchaient à tout-coup leur bout, & ils m'auraient tué ſans-doute. *T. III, p. 122, l. 18.*

Sujet. *Edmond variant son libertinage de toutes manières, se trouve dans un mauvais-lieu, où il y avait une jeune Alsacienne de sa connaissance, qu' Aurore lui avait livrée quelque-temps auparavant pour la* desenchanter. *Il y rencontre la petite Sailli,* qui lui propose aussi *de la* desenchanter : *Il accepte, se cache, & est découvert, après avoir rempli ses vues, par quatre Mousquetaires, à qui on avait vendu Sailli. Ils s'emparent de lui. Un des Mousquetaires le reconnaît pour l'Escroc au jeu qui l'a battu, après l'avoir excroqué. On décide de le berner, & de le tuer ensuite, en sortant de la maison. On voit Edmond en l'air, sautant sur la couverture. Les quatre Mousquetaires en-tiennent chacun un coin : mais les Jeunes-filles, l'Alsacienne & Sailli, craignant que les Hommes ne lâchent, & ne meurtrissent Edmond, s'y mettent aussi, avec leur Duègne. Sailli est à droite, l'Alsacienne à gauche, & la Duègne au-fond.*

» Car les maudits Berneurs lâchaient à-tout-
» coup, & m'auraient tué sans-doute ».

L Xme

L X.ᵐᵉ F I G U R E.
EDMOND CRU L'ABBÉ.

Sujet. *Cette avanture, du genre de celles qu'Edmond recherchait le plus, montre à quel point il était adroit & hardi pour le vice, dès qu'une Jolie-personne lui avait plu. Il avait vu Celle-ci, acheter dans une boutique, & l'avait suivie: il en fut rencontré dans l'escalier, sans lumière, & pris pour un Abbé, ami de la Belle. On le voit, après qu'il l'a trompée, assis à-côté d'elle, la tenant encore dans ses bras, tandis que l'Abbé attendu, ouvre la porte, & paraît avec sa lanterne.*

» La pauvre Petite, en-voyant son erreur,
» a poussé un cri perçant ».

Fïg.   h h

Paſſage. —Comment? c'eſt vous, l'Abbé?
(m'a-t-on dit). J'ai répondu un *oui* confus.
Nous ſommes entrés. La Jeune-fille, qui
n'avait Perſonne chés elle en ce moment, a
cherché les moyens de nous éclairer. Le
caillou frappé étincelait ſous ſa main délicate: j'ai délibéré ſi je devais fuir ou reſter.
J'ai cru qu'il ſerait honteus de fuir; je ſuis-
reſté; mais en me tenant près de la porte à-
demie-pouſſée: le ſoufre embrâſé-alait com-
muniquer au bois ſa flâme bleue; le feu était
prêt à prendre à la bougie préparée; j'ai ſu
en-empêcher, en-dérobant un baiser. On
m'a repouſſé. J'ai inſiſté: une molle réſiſ-
tance a porté au comble mes deſirs & mon
audace: à-travers mille obſtacles charmans,
j'ai trouvé le chemin de roſes: j'ai triomfé...
Je témoignais ma reconnaiſſance, par de
brûlantes careſſes, avantcourrières d'une
victoire nouvelle, quand la porte ſ'eſt ouverte bruyamment, & nous a expoſés, la
Belle & moi, aux regards de l'Abbé, dont
par-malheur le vent avait reſpecté la lumière.
La pauvre Petite, en-voyant ſon erreur, a
pouſſé un *ah!* perçant, & ſ'eſt évanouie.
M. l'Abbé demeurait immobile comme cès
Cariatides qui ſoutiennent un entablement.
T. III, p. 146, *l.* 10.

LXI.ᵐᵉ

LES FIGURES

DU

PAYSAN PERVERTI.

RÉTIF-DE-LA-BRETONE.............................. *invenit.*
BINET.. *delineavit.*
BERTHET & LEROI.............................. *inciderunt.*

La Naïveté, l'Innocence, la Candeur,
l'Enchantement féducteur de la Ville,
les Femmes, les Desirs, les Plaisirs,
la Volupté, les Écarts, l'Égarement,
la Licence, la Débaûche, le Vice,
le Crime, l'Échaffaud, l'Infamie,
le Desefpoir,
La Mort.

TOME TROISIÈME.

SIXIÈME PARTIE.

LXI.me FIGURE.

Frontispice de la VI.me Partie.

EDMOND ÉPOUSANT par intérêt.

Passages. Gaudet vient d'épouser une vieille
Fille ... elle a une Trisayeule décrépite, mais
ayant encore des prétensions, parce qu'on
ne vieillit pas, dit-elle, avec quarante mille-
livres de rente ; elle est amoureuse, & de-
plûs exigeante à-proportion de sa laideur,
qui est assaisonnée de tout ce qui pourrait
faire mourir de dégoût l'Homme le plus-
déterminé ; & cette Vieille, cette Vieille
.... elle est ma femme depuis huit jours.....
T. III, p. 230, *l.* 11.   [*Gaudet écrit.*]

En vérité, il me prend quelquefois des
accès de goût pour ma Femme elle-même,
& depuis notre mariage, j'aurais été deux-
fois tenté de l'embrasser, sans cette malheureuse dent safranée qui lui sort de la bouche,
& cette grosse verrue qu'elle a sur le néz,
& qui n'imite pas mal une corne de Rhino-
céros. *T. III, p.* 271, *l.* 7.

*Sujet. On a choisi l'évènement qui influe
davantage sur la catastrophe : c'est le mariage
d'Edmond avec une Vieille fort-riche ; &
celui de Gaudet avec la Petite fille de cette
Douairière. On voit Gaudet, qui tient la
main de sa Future, présenter Edmond à la
Vieille décharnée.*

» Une Trisayeule décrépite.... Sans cette
grosse verrue que (ma Fême) a sur le néz ».

LXII.ᵐᵉ FIGURE.

EDMOND COMÉDIEN.

Paſſage. A notre comédie-bourgeoiſe, nous eumes l'autre-jour une petite Actrice charmante : elle ne jouait pas ſupérieurement, mais elle paraiſſait avoir de l'uſage, & beaucoup de cette aiſance que donne l'habitude. Elle était Soubrette ; j'étais Valet ; nos rôles nous fourniſſaient d'aſſés jolies choſes, & je les rendais avec un naturel qui m'attira des applaudiſſemens redoublés. Ma petite Actrice m'accueillait àproportion que mon mérite ſe dévelopait : àla-fin elle me fit ſa cour. *T. III, p.* 174, *l.* 26.

Sujet. *Edmond prend le goût des comédies-bourgeoises ; & comme rien de vil ne l'effraie plus, il forme la resolution d'embrasser réellement cet état, en montant sur le théâtre de la comédie-française. Il paraît ici sur un Théâtre particulier, dans le rôle de Crispin-médecin : il y joue avec une jeune Danseuse de l'Opéra, nommée Obscurophile : On a choisi l'inftant où Dorine dit à Crispin :*

» Mets-toi tout-étendu fur cette Table ; je
» dirai que tu es ce Pendu qu'on vient
» d'apporter »

LXIII.ᵐᵉ

LXIII.me FIGURE.
EDMOND AUTEUR.

Sujet. *Edmond, ayant quitté l'idée de se faire comédien, prend un métier pénible, toujours abreuvé de fiel & d'angoisse ; il se fait Auteur. Cet état aurait suffi pour le punir de son libertinage ; jalousé, tourmenté, déchiré, qu'aurait-il falu de-plus pour son supplice ! Il écrit à Gaudet. On le voit entouré de Livres, & ayant devant lui ses deux productions.*

» *Le* CODE DE CYTHÈRE: O-RIBEAU ».

Fig.   i j

Paſſage. Je viens de mettre-au-jour deux Livres !... Je vous ai fait un miſtère de mon travail, très- ſatyriq Eſprit, quoiqu'il eut été fort à-propos de conſulter votre Critique ; mais je voulais vous donner le plaisir de la ſurprise ; je voulais voler de mes propres ailes. Je vous les envoie : ſoyez mon *Fréron.* D'abord le titre vous plaîra (& c'eſt un grand point !) *LE CODE DE CYTHERE !* Style léger (à ce que je crois), érudition vaſte, matière intéreſſante. Ce n'eſt pas tout : après la *confection* de mon *Plan de Legiſlation* pour *Cythère* (qui certainement en-avait besoin), j'ai quitté ce genre & fait un Roman : il me paraît exquis : il y a de l'imagination, des faits les plus extraordinaires, indiqués par le titre le plus heureus : *Les HAUTS-FAITS du très-vaillant Prince O-RIBEAU , & les Merveilleuses Avantures de la pluſque-vertueuse Princeſſe O-RIBELLE : Ouvrage où l'on trouve d'excellentes règles pour l'éducation d'un jeune Prince & la conduite d'un Etat. Imitation libre d'une Hiſtoire Irlandaise.* T. III, p. 177, l. 31, & p. 178,

LXIV.me FIGURE.

EDMOND ATTAQUANT UNE FILLE.

Passage. J'ai retrouvé l'aimable Brune, au visage arrondi, qui se nomme *Julie Des-Écluses :* mais comme je t'ai broché cela en-gros, je vais reprendre les détails. Un-jour qu'elle alait encore à la rue *de-Ventadour*, je l'ai abordée d'un air humblement-poli, en lui tenant les plus-tendres discours. Il était onze heures du matin. Elle ne m'a rien répondu en-alant : mais je l'ai attendue ; elle est sortie seule. Je l'ai abordée de-nouveau. Elle m'a regardé très-sérieusement. —Il m'est impossible de trouver du repos depuis que je vous ai vue, Mademoiselle ; vous m'occupez sans relâche ; il y a de la cruauté dans votre silence ; daignez me dire un mot : daignez me permettre de me faire connaître ; votre beauté, votre douceur, votre raison sur-tout, ont fait sur moi une impression qui ne s'effacera jamais—. Je me suis tu. Elle m'a regardé ; je crois avoir entendu un soupir. Je continuais de me taire, marchant à-côté d'elle. Nous sommes entrés dans le jardin du *Palais-royal.* T. III, p. 232, l. 17.

Sujet. Edmond aborde une eune-per-
fonne dans la rue, faute d'avoir trouvé d'autre moyen d'en-faire la connaiffance, & il
ose lui parler d'amour. On le rebute d'abord:
mais on l'écoute enfuite, comme on l'a vu
dans le paffage cité.

» Elle m'a regardé très-férieusement ».

LXV.me

LXV.me FIGURE.

EDMOND PERD.T, CROYANT GAGNER.

Sujet. *Edmond, quoiqu'épris de la Jeune-*
brune à laquelle il a parlé dans la Figure pré-
cédente, n'en-cherche pas moins le plaisir
avec une jolie Femme-de-chambre de la même
maison : Il en-obtient la dernière-faveur :
mais il est vu par la Fille qui sert la Jeune-
personne, qui en-instruit la Mère de sa Mai-
tresse, &c.ª

» A un signal, que M.me De-Courbuisson
» rentrait, j'ai quitté Thérèse ».

Fig.   k k

Paſſage. Enhardi, j'ai cueilli la plus charmante fleur du parterre de beauté......
Thérèse causait toujours, dumoins ſa langue ; car elle ne ſavait ce qu'elle disait, & les mots ſyncopés m'ont annoncé plus d'une fois combien elle ſ'intéreſſait à mon badinage. . . . .

Il faut obſerver que Thérèse était à-portée de voir tout ce qui venait du-dehors, mais non les Perſonnes qui auraient pu deſcendre d'en-haut. Pour moi, j'étais trop occupé. A un ſignal, que M.me De-Courbuiſſon rentrait, j'ai quitté Thérèse, & je ſuis monté chés ma Brune. *T. III, p.* 216, *l.* 3.

LXVI.ᵐᵉ FIGURE.

EDMOND MENACÉ EN-SONGE.

Passage. Toute la CXCVIII.ᵐᵉ Lettre:
Je rêvais cette nuit, que j'étais encore à
mes années prémières. Seul dans une val-
lée profonde, où mes Parens ont un champ
rempli de noyérs, je m'occupais des travaux
champètres, lorsque j'ai vu deux Femmes
venir à moi. La Première était une jolie
Blonde, au néz en-l'air, vive, éveillée:
elle m'a découvert son sein, & jusqu'à ses
appas les plus secrets, en-fesant mille gestes
lascifs, pour m'engajer à goûter le plaisir
avec-elle. Ému, hors de moi: je m'avançais pour la caresser: L'Autre, qui était
sérieuse, modeste, m'a retenu par le bras:
c'était une Brune si belle, si touchante; elle
avait dans la physionomie un charme si puis-
sant, qu'il ne m'a pas été possible de lui re-
fuser mon admiration & mon cœur.

La Première m'a tiré par l'autre bras; elle
s'est pérmis tout ce que fait une Voluptueuse
en-jouissant, mais d'une manière si passionnée
que je n'ai pu resister. La Brune me criait :
—Mon Fils! c'est la Perversion! débarrasse-
toi de ses bras! Elle va te perdre!! l'échafaud
t'attend !... Je me retournai, & j'aperçus
un Bourreau qui me jeta des chaînes, & qui
me garota, &c.ª *T. III*, p. 299.

Sujet. *Edmond, après la mort de la Vieille qu'il a épousée par intérêt, & dont il a procuré la mort, de-concert avec Gaudet, en la fatiguant par les plaisirs, n'a plus un sommeil tranquile: Il fait un songe, & croit se voir entre la Vertu & la Perversion: La Première lui montre un Bourreau prêt à le saisir: La Seconde se retire avec le rire de la méchanceté.*

» J'aperçus un Bourreau, qui me jeta des » chaînes ».

LXVII.me

LES FIGURES

DU

PAYSAN PERVERTI.

RÉTIF-DE-LA-BRETONE............ .... *invenit.*
BINET................... .... *delineavit.*
BERTHET & LEROY... .. .. *incuderunt.*

La Naïveté, l'Innocence, la Candeur,
l'Enchantement féducteur de la Ville,
les Femmes, les Desirs, les Plaisirs,
la Volupté, les Écarts, l'Égarement,
la Licence, la Débauche, le Vice,
le Crime, l'Échafaud, l'Infamie,
le Desespoir,
La Mort.

TOME QUATRIÈME.
SÉPTIÈME PARTIE.

Fig.   11

LXVII.me FIGURE.

Frontifpice de la VII.me Partie.

EDMOND PARTANT POUR LES GALÈRES.

Paffage. Enfin, Monfieur, cet Infortuné eft parti pour fa deftination, avec la chaîne... dans un charriot couvert, où font quelques Criminels diftingués. Le Gardien f'eft trouvé-là ; c'eft lui-même qui l'a aidé à monter : ce Vieillard fondait en larmes. Mais ce qu'il y a de plus déchirant, c'eft la douleur de M.me Parangon : Toute-mourante qu'elle eft, elle eft venue à-l'inftant du départ ; elle voulait le fuivre, & veiller elle-même fur l'Infortuné, afin de prévenir un defefpoir dont elle redoute les effets. *T. IV, p. 16, l. 4.*

Sujet. On voit Edmond foutenu par le Gardien, qui monte dans une voiture couverte : La Chaîne à-pied eft derrière lui. Un Garde repouffe M.me Parangon, qui le voulait approcher.

» Le Gardien f'eft trouvé-là.... M.me
» Parangon, voulait le fuivre ».
LXVIII.me

LXVIII.ᵐᵉ FIGURE.

EDMOND & GAUDET MASSACRANS.

Sujet. *Cet effrayant tableau est le plus terrible de tous-ceux du Paysan. Edmond & Gaudet accusés de poison, font arrêtés chés eux. Le Premier veut secourir M.ᵐᵉ Parangon renversée. On s'y oppose: il se met en fureur, saisit une bayonette, frappe & tue. M.ᵐᵉ Parangon est sur le devant évanouie: autour d'elle des cadavres sans vie. Zéphire suit Edmond, qui se sentant retenu, la frappe en-arrière, sans la voir. Elle est soutenue par Laure. Gaudet, malgré sa furie, est épouvanté de ce coup; il invite Edmond à fuir, en lui disant:*

»Sauve toi! tu peux vivre encore; ... je
» touche le bout de la carrière ».

Fig. m m

Paſſage. Ah! Monſtres, ſ'eſt-il écrié, Hommes lâches & vils, vous ne me permettez pas de la ſecourir! le Ciel armé de ſon foudre ne vous ſouſtrairait pas à mon indignation! Il ſ'eſt emparé d'une bayonette; & il en-a poignardé trois. M. Gaudet, ſe voyant abandonné de ſes Gardes, eſt tombé ſur eux par-derrière, en-a desarmé Un, & a fait mordre la pouſſière à quatre Hommes de l'eſcouade, à l'Exempt & au Commiſſaire. Mais ce qui feſait horreur à voir & a entendre, c'étaient les trépignemens des Mourans, les cris de fureur du malheureus Edmond; les *meurs, Infame,* du forcéné Gaudet; les ſanglots déchirans de Zéphire, qui ſe traînait entre les poignards & les cadavres, pour tacher d'arrêter Edmond & ſon Complice. C'eſt en ce moment que M.me Parangon eſt revenue à elle-même: elle a vu Edmond couvert de ſang; elle ſ'eſt levée; el'e a fait un effort pour aler à lui, & elle eſt tombée à ſes piéds... L'Infortuné a voulu la relever, & ſe ſentant retenu, il a frappé, ſans ſe retourner, ſans voir. C'était Zéphire... —Sauve-toi, lui a dit Gaudet effrayé de ce coup: tu peux vivre encore: pour moi, je touche le bout de la carrière-, *T. IV, p. 5, l.* 1.

※

LXIX.me FIGURE.

EDMOND au piéd de l'échaffaud, VOYANT GAUDET SE POIGNARDER.

Paſſage. Lorſqu'on a tiré Gaudet de ſon cachot, pour lui faire ſubir ſon ſupplice dans la cour de la priſon, il était expirant. Un Prêtre ſ'étant approché, il l'a prié de ſ'é-loigner. Il a inſiſté. —*Veneʒ donc* (a dit le Patient): Et ils ſe ſont entretenus un quart-d'heure. A la prière du Prêtre, on a permis qu'Edmond lui parlât, & l'on a en-voyé chercher un certain Moine qu'il a nom-mé. —*Tu meurs* (a dit Edmond): *Moi, je vais vivre dans l'infamie! Ah Gaudet! il eſt un Dieu vengeur!* —*Prens-courage* (a répon-du le Patient): *je t'ai toujours parlé vrai....* Comme il achevait, le Moine eſt arrivé. En-le voyant, Edmond a fait un cri de ſurpriſe : Gaudet a ſouri: tous-trois ſe ſont embraſſés. Le Moine fondait-en-larmes; il ſ'eſt mis à genous à-côté de Gaudet: enſuite il leur a parlé à tous-deux en-préſence du Rappor-teur. Une des mains de Gaudet ſ'eſt alors trouvée-libre,... il l'étend,... & ſaiſit un grand clou,.. reſté ... au piéd de l'échafaud : —*Tiens, l'Ami* (a-t-il dit au Moine), *voila le fruit de ton ſermon—....* En-même-temps il ſ'eſt percé la poitrine au-deſſus du cœur. T. IV, p. 64, l. 6.

Sujet. *Edmond condamné à assister au pied de l'échafaud, où Gaudet doit perdre la tête, joint les mains, & lève au ciel ses regards éperdus, en-voyant son Ami se percer le cœur. Le Gardien, à genous à la tête de Gaudet, fait un geste de desespoir, tandis que le Confesseur tend les bras au Suicide: Le Rapporteur exprime son étonnement. On voit le Bourreau sur l'échaffaud.*

» *Tiens l'Ami, voila le fruit que je tire*
» *de ton sermon* ».

L X X.me F I G U R E.
EDMOND GALERIEN.

Sujet. *Edmond étant aux galères, son vertueus ami Loiseau vole à son secours, tandis que* M.me *Parangon sollicite sa grâce. On voit* M. *Loiseau, qui le tient embrassé sur le port: Edmond se couvre le visage. On se les montre, en-admirant l'amitié du vertueus Loiseau, qui ne rougit pas des fers de son Ami, & on envie pour-ainsi-dire sa vertu.*

» Voila l'Ami du Galérien » !

Fig.   n n

Paſſage. Je partage la honte de ſes flé-
triſſures ; ou plutôt, elles m'honorent: l'on
me voit avec lui ſur le port, dans la Ville, &
ne le quitter qu'où je ne puis le ſuivre. Encore, ſi je pouvais partager...... Ah! reſpectable Amie ! les Hommes ſont méchans,
du moins on le dit ; & cependant ils me vé-
nèrent ici comme un Dieu, Si je paſſe ſeul,
j'entens qu'on me montre avec attendriſſement, *Voila l'Ami du Galérien !* Auſſitôt
l'intérêt le plus obligeant ſe peint ſur tous
les viſages ; on me ſalue , on m'acoſte , &
Perſonne ne me parle que d'un ton affectueus
mêlé de reſpect. Jamais on ne m'interroge
ſur mon Ami ; tant il eſt vrai que les égards,
la politeſſe la plus-délicate ſont naturels à
tous les Hommes , quand ils eſtiment véri-
tablement. Je me ſuis donc ouvert de moi-
même , ſans trop m'étendre , & les mots
vrais *d'accident* , de *crime involontaire* ſont
ſortis de ma bouche. *T. IV*, p. 20, 8.

LXXI.ᵐᵉ FIGURE.

EDMOND PERD UN BRAS.

Paſſage. J'alai me jeter à l'ombre dans
un jardin pour dormir. Une vive douleur
au bras m'éveilla. Ma main gaûche enflait
à-vue d'œil : je me rappelai que c'était la
main coupable, qui... A quelque diſtance,
j'aperçus un gros Serpent qui le retirait. Je
me levai pour le tuer. Dans ce moment,
un petit Garſon qui m'avait vu mordre, parce-que c'était lui qui avait irrité le Serpent,
parut avec ſon Père & ſa Mère : ils me dirent
de courir chés un Chirurgien, & m'y accom-
pagnèrent. Cet Homme voyant que l'en-
flure gâgnait prodigieuſement vîte, ne trouva pas d'autre remède que de me couper le
bras. *T. IV, p.* 47, *l.* 7.

Sujet. Edmond ne pouvant supporter l'idée de se trouver avec ses Amis, après son infamie, se sauve dès qu'il a sa grâce. Arrivé dans la Provence, il entre chés un Paysan, qui lui donne à manger, & s'endort dans le jardin, où un Serpent le mord au bras: On voit Edmond ayant la main-gauche enflée, un bâton de l'autre, qui poursuit le Serpent: un Petit-garçon amène ses Père & Mère au secours de l'Étranger.

»Ils me dirent de courir chés le Chirurgien».

LXXII.me FIGURE.
EDMOND MENDIANT.

Sujet. *Edmond, privé d'un bras, qu'on lui a coupé à-cause de la morsure du Serpent, passe par Semur, où était mariée Fanchette, sœur de M.me Parangon, & sans la connaître, il lui demande l'aumône. Frappé du son de sa voix, elle lui donne un écu : Edmond le reçoit ; la remet, & suffoque de douleur :*

» Mon cœur bondit , en-entendant le
» son de sa voix »。

Fig。 O

Paſſage. Comme je paſſais par Semur, demandant l'aumône, une jeune Dame me donna un écu ; je ne reçois pas de ſi groſſes charités ; & j'alais le lui rendre, lorſque je la reconnus pour M.ᶫˡᵉ Fanchette. Je me troublai ſi fort, que je me retirai à quelques pas derrière un mur, pour cacher mes larmes. Elle revint, elle m'offrit un asile. Mon cœur bondit, en-entendant le ſon de ſa voix, ſi reſſemblant à celui... Je m'éloignai dès cette même nuit, j'alai dans votre Ville. *T. IV*, p. 49, *l.* 13.

LXXIII.me FIGURE.
EDMOND EFFRAYANT LES ENFANS DE SES FRÈRES.

Paſſage. J'ai paſſé devant la porte de
Georget & de Bertrand : leurs Enfans s'y
jouaient enſemble : leur jeuneſſe, leur inno-
m'ont rappelé des temps pareils : Un d'eux
ſur-tout avait mes traits dans mes années
d'innocence; une des Filles reſſemblait à
Edmée : je les regardais avidement : je leur
ai fait peur ; ils ſont rentrés avec précipita-
tion. Leurs Mères ſont ſorties ; elles m'ont
vu ; mais j'avais la main ſur mes ieux ; elles
ne m'ont pas reconnu ; elles m'ont fait l'aumône, ſans que je la demandaſſe ; & j'ai été
manger à-l'écart, en le trempant de mes
larmes, ce qu'elles m'avaient donné. *Vi-
derunt me Proximi mei, & non agnoverunt
me, quia manus Domini tetigit me.*
T. IV, p. 53, l. 7.

Sujet. *Edmond parvenu à' Au**, passe devant la porte de Bertrand & d'Edmée, de Georget & de Catherine: Il voit leurs Enfans qui jouent ensemble, & il les reconnaît à l'air de famille. Il lève vers le Ciel ses ieux chargés de larmes. Mais les Enfans voyant un Mendiant manchot, en-ont peur, & se levent pour s'enfuir chés eux, en le regardant avec effroi.*

» Je leur ai fait peur » !

LXXIVme

L X X I V.ᵐᵉ F I G U R E.

EDMOND PRÉSENTANT SA MISÈRE A DEUX COQUETTES.

Sujet. *Edmond étant arrivé à Paris, il y découvre Laure, qui vit dans le desordre. Il lui écrit. Elle l'invite à la venir voir. Il s'y rend, fous le vêtement de fa misère, & fe préfente à fa Cousine, dans l'inftant où Obfcurophile était chés elle.*

» Où eft-il ? —Il f'eft envoyé lui-même » ?

Paſſage. Où eſt-il? qu'il paraiſſe-, ſe
ſont écriées les deux Femmes. —En vérité,
a pourſuivi Obſcurophile , Edmond ne ſait
guére vivre , de nous envoyer cette hideuse
Figure! —Il ſ'eſt envoyé lui-même (ai-je
répondu); c'eſt Edmond qui vous parle-!
A ces mots, elles ont fait un cri perçant...

LXXV.me FIGURE.
EDMOND FRATRICIDE.

Paffage. Mes pas, comme malgré moi, fe font tournés du côté de l'hôtel de ***. Le jour tombait, mais j'ai vu de mes ieux, j'ai vu ma Sœur parée, quoique modeftement, defcendre de carroffe.... Un tranfport de rage, dont je n'ai pas été maître... Non, ce ne peut être un forfait... O Mânes facrées de mes Parens, recevez cette Victime... Pourquoi, pourquoi fon fang..... Mais il aurait fouillé votre cendre..... On parle d'Orefte, de fes remords, des Furies qui le pourfuivaient ! on dit le vrai, ou dumois le vraifemblable : tout en m'approuvant, je tremble, je frémis... On n'a pu me voir... Urfule m'a reconnu fans-doute; elle eft tombée fans jeter un cri.

T. IV, p. 66, l. 17.

Sujet. *Edmond trompé par le difcours de Laure, croit que fa Sœur vit dans le def-ordre avec le Marquis; il la cherche, la trouve defcendant du carroffe de fon Mari, & la poignarde comme elle en defcendait. Elle le reconnaît, & meurt fans fe plaindre.*

»Elle eft tombée, fans jeter un cri ».

LXXVI.me FIGURE.
LES RÉMORDS & LES FURIES.

Sujet. *Edmond desefpéré d'avoir tué fa Sœur innocente, & fe croyant pourfuivi par les Furies, vient chés le Marquis de-***, fon beaufrère, lui demander la mort. Il découvre le visage d'Urfule, d'ja dans fon cercueil, la regarde, frémit, lève le bras, & va fe poignarder. Un Domeftiq lui retient la main. Le Marquis, qui eft accouru, ordonne à fes Gens de le porter dans une chaife, pour faire partir, & le conduire hors du Royaume.*

» Il ... voulait fe tuer » !

Paſſage. Le Coupable eſt venu ici ; il m'a effrayé. Il me demandait la mort ; il s'eſt jeté ſur le cercueil de ſa Sœur , qui n'était pas encore inhumée ; il ſe roulait par terre , & voulait ſe tuer. J'ai compris par ſes diſcours ſans liaiſon , qu'il l'avait crue dans le desordre.... *T. IV*, p. 69, *l.* 7.

LXXVII.me FIGURE.
LE TABLEAU VOUÉ.

Paffage. Madame : voici une chose qui vient de nous furprendre bien étrangement, ainfi que tout le Village ! La nuit paffée a été fi orageufe, que jamais on en a vu de plus terrible ; il femblait que le vent voulût tout bouleverfer. Le matin, on a trouvé ouverte la grand'porte de notre églife, qui ne ferme en-dedans qu'au verrou. On a foigneufement regardé f'il n'y avait pas quelque defordre de commis : point : mais en-vifitant, on a aperçu à l'autel *Saintedme*, un tableau de quatre piéds de-haut, fur deux &-demi-de-large, repréfentant un Homme qui poignardait une Femme. L'Homme reffemble à l'Infortuné ; la Femme à Ur-fule. Il y a encore trois autres Figures dans le tableau, deux de Femmes ; dont l'une vous intéreffe, Madame, & l'autre M.me Zé-phire. En-haut eft un Ange, qui tient une épée flamboyante : les deux Femmes tendent les mains en-fuppliant pour détourner le coup qu'il va porter : au-bas, fous les piéds de l'Infortuné, on voit un gouffre de feu qui f'entr'ouvre. *T. IV, p.* 100, *l.* 4.

Sujet. *Edmond tourmenté de ses remords,* *compose un tableau sublime, où il retrace ses principaux crimes.* *On le voit, qui vient de le vouer à l'autel Saintedme :* *Il le montre de la main, les ieux couverts par la manche de son bras coupé.* *L'Ange exterminateur domine au haut du tableau : Ursule poignardée par son Frère est au bas :* M.me *Parangon & Zéphire sont à genous, implorant la divine miséricorde : enfin Pierrot y est, se voilant le visage : un gouffre de feu s'entr'ouvre, & vomit des flámes.*

» On a aperçu à l'autel Saintedme, une tableau de quatre piéds de haut, sur deux-&-demi de large ».

LXXVIII.᎐

LXXVIII.me FIGURE.
LES SCULPTURES.

Sujet. Edmond prosterné sur les tombes de ses Père & Mère, où il vient de mettre deux sculptures, qu'il a vouées : L'une le représente dans la poussière aux pieds d'un Vieillard ; l'autre, posée sur la tombe de sa Mère, est un Serpent qui mort une Femme au sein.

» PARRICIDA, &c.ª INTEREMIT MORSU ».

Fig.   r r

Paffage. Une Bonne-veuve, avec fon Fils & fa Fille, virent fur la tombe de mon pauvre Père, comme une chandelle. Et les voila tous-trois à trembler comme la feuille. Et de temps-à-autre, on entendait comme de petits coups-coups de marteau, ce qui redoublait bien la frayeur de la Veuve & de fes deux Enfans. Sur le matin, quand il fut bien-jour, voila qu'ils ont été avertir les Voisins, qui font venus me chercher. Je fuis alé avec eux, & nous avons trouvé fur la tombe de mon pauvre Père une petite double figure en-marbre, dont la première couchée, languiffante & décharnée, repréfentait le refpectable Vieillard, & l'autre à fes piéds, le visage profterné, était l'Infortuné lui-même: & fur la base du piédeftal étaient ces mots ici: PARRICIDA FURIIS AGITATUS, INDIGNUSQUE VENIA, POSUIT OPT. PAR. SIGNUM PŒNIT. Ce que M. le Curé a expliqué: *Le Parricide agité de Furies, & indigne de pardon, a pofé fur la tombe de fon bon Père, ce figne de pénitence.* Et fur la tombe de notre bonne & vénérable Mère, était auffi en-marbre & fcellé, un Serpent, qui mordait au fein une figure de Femme, mourante, avec ces mots: QUEM FOVIT SINU, INTEREMIT MORSU: *Elle a réchauffé dans fon fein, Celui qu'il l'a tuée de fa morfure.* T. IV, p. 105, l. 6.

LXXIX.me FIGURE.
EDMOND RECEVANT l'AUMÔNE DE SES ENFANS.

Paffage. Un Homme qui n'avait qu'un bras véritable, mais dont le gauche était poftiche, s'eft préfenté à un endroit où le mur eft tombé depuis quelques jours, & leur a demandé l'aumône en pleurant. Ils ont tous été fi émus, qu'ils n'ont jamais rien éprouvé de tel. Parangon s'eft avancé le premier, & a enhardi les Trois-autres; il lui a donné une pièce de monnaie. Ma Laure n'en-ayant pas, & ne fachant que donner, lui a préfenté un mouchoir tout-neuf, & fort-beau; Edmée-Colette lui a dit : —Bon Vieillard, ne pleurez pas tant; (car il pleurait ma Chère) vous n'avez plus qu'un œil, & il eft bien-rouge! vous pouvez le perdre comme l'autre; tenez, voila mon étui d'argent, & mon braffelet, —Non, mon Enfant (a répondu l'Homme), je n'accepte qu'une chofe, c'eft votre braffelet—... Elle le lui a donné; & le Pauvre, en le recevant, l'a baifée. —Et moi (a dit votre Fils), ne donnerai-je donc rien au Bonhomme ? Voila ma montre; elle n'eft que d'argent, mais je voudrais qu'elle fût d'or, elle ferait pour vous, Bonhomme; car vous êtes bien-pauvre & bien-affligé! *T. IV, p.* 110, *l.* 6.

Sujet. *Edmond perféverant à fe punir autant qu'il avait perféveré dans le vice, demeure pauvre & miserable, malgré fon talent: il a perdu un œil, d'un coup-de-fouet, parti de la main du Fils d'Urfule, & il cherche d'autres mortifications: Il va voir fes Enfans à Av**, & leur porte leurs portraits, efpérant d'en-être rebuté, & voulant dévorer ce mépris. Mais tout le contraire arrive: Ces bons Enfans, tous-quatre bien-élevés, lui montrent la plus tendre pitié, fans le connaître. On voit Edmée-Colette lui donner fon étui d'argent & fon braffelet: Zéphirin cherche fa montre: Laure lui préfente un mouchoir neuf: Parangon, qui eft le plus grand, a donné une pièce de monnaie. Edmée-Colette lui dit:*

» Bon Vieillard, ne pleurez pas » !

L X X Xme

LES FIGURES

DU

PAYSAN PERVERTI.

Rétif-de-la-Bretone............ ....*invenit.*
Binet...*delineavit.*
Berthet & Leroi..... ... .*incuderunt.*

La Naïveté, l'Innocence, la Candeur,
l'Enchantement séducteur de la Ville,
les Femmes, les Desirs, les Plaisirs,
la Volupté, les Écarts, l'Égarement,
la Licence, la Débauche, le Vice,
le Crime, l'Échaffaud, l'Infamie,
le Desespoir,
La Mort.

TOME QUATRIÈME.

HUITIÈME PARTIE.

Fig.   ſſ

LXXX.me FIGURE.

Frontifpice de la VIII.me Partie.

REMISE DES LETTRES DU PAYSAN.

Paffage. Chère Dame ! qu'alez-vous dire, en-voyant le paquet de Lettres que je vous envoie ! On les a remises chés nous dans un moment où il n'y avait que nos plus-jeunes Enfans... Que d'horreurs & de crimes !.., Edmond ! Edmond ! tu as fait pénitence !... Urfule auffi !.. Ces infamies-là fe font-elles donc habituellement dans les Villes !.. Vous avez les Lettres, Madame & refpectable Amie : vous en-verrez affés. *T. IV. p.* 146.

Sujet. Edmond voulant mettre le comble à fa punition, devoîle fa turpitude, en remettant toutes les Lettres de ce Recueil, aux Enfans de Pierre, en l'abfence de Celui-ci, qu'il s'est condamné à ne jamais voir en-face. Le Fils-aîné les donne à fon Père, en lui montrant par où s'en-est alé le Pauvre. On voit en-l'air l'Ange exterminateur, qui foudroie un mariage, & deux jeunes Époux, dont l'Un expire ; enfuite la foudre va frapper deux cercueils, où font, dans l'un, les cadavres réünis d'Edmond & de M.me Parangon, dans l'autre celui d'Urfule.

» On les a remises chés nous , &c.ª ».

LXXXI.me

LXXXI.me FIGURE.
EDMOND AVEUGLE.

Sujet. C'est le dernier de ces deux traits
qu'on a choisi : mais ils sont rapportés tous-
deux dans les paffages suivans. Edmond,
toujours en Pauvre, & déja borgne, en-doublant
un angle de rue, est frappé a'un coup-de-ba-
guette dans l'œil qui lui reste, par le Fils d'Urfule. On le voit foutenu par un Domestiq,
& confolé par le jeune Comte, qui ne fe doute
pas que c'est fon Oncle Edmond, & qui n'en-
est pas reconnu.

» Un coup violent, m'en-a privé ».

Fig.   t t

Paſſages. *J'aperçus, une belle Dame: dans une voiture ſuperbe avec ſon Mari: Un je ne ſais quoi me feſait les regarder, lorſqu'un coup-de-fouet du Cocher, me fit ſauter un œil de la tête: on arrêta: le Mari de la Jeune-dame ſ'empreſſa autour de moi: on le nomma: c'était... le Fils d'Urſule!... A ce nom, j'ai tremblé; c'eſt un Fils qui venge la mort de ſa Mere! Je cherchai à fuir; je profitai d'un moment, où l'on ſ'empreſſait de m'aler chercher du ſecours, & je courus me jeter dans l'Hôtel-dieu, où l'on m'a panſé.* T. IV, p. 164, l. 6.

Il y a quelques jours, je ſortis le ſoir; j'alais me fournir d'un pain au coin des rues Saintdominiq & d'Enfer; un Jeune-homme à-cheval, qui ne me voyait pas, me donna un coup violent de ſa baguette dans l'œil qui me reſtait, & m'en-a privé. P. 165, l. 23.

DERNIÈRE FIGURE.
EDMOND ÉCRASÉ.

Passage. Une pierre lancée de la rue, par une Blanchisseuse, séduite autrefois par Edmond, & qui venait d'entendre dire, qu'il s'était marié ce jour même, a frappé les chevaux ; ils partent ; le jeune Comte qui descendait trébuche : Edmond qui ne voit pas & ne pouvait se garantir, est renversé ; une roue lui passe sur la poitrine, & la brise... Représentez-vous, dans un même moment, les cris de la jeune Comtesse ; le desespoir de la nouvelle-Épouse d'Emond, qui ayant vu tomber son Neveu le premier, avait été à lui, & qui, lorsqu'elle s'est retournée, a trouvé son Mari vomissant par la bouche des flots de sang ! *T. IV*, *p.* 167, *l.* 9.

Sujet. Edmond est enfin parvenu au terme de sa vie infortunée. On le voit renversé sous la roue d'un carrosse, qui lui brise la poitrine : il vomit le sang : M.me Parangon, qu'il vient d'épouser, s'élance pour le secourir. Le jeune Comte, qui était tombé, est relevé par ses Gens ; tandis que sa jeune Épouse, à la portière, est également effrayée de tout ce qu'elle voit. M. Loiseau est derrière M.me Parangon, & dans la même attitude qu'elle.

» Elle a trouvé son Mari vomissant des
» flots de sang ».

Nota. Les Figures de la Paysane completteront celles-ci.

www.ingramcontent.com/pod-product-compliance
Lightning Source LLC
Chambersburg PA
CBHW051524050726
47503CB00014B/1441